Printed by BoD™in Norderstedt, Germany

AF289156

9 789358 728743

# بکھرنے سے پہلے

(ناولٹ)

حرا قریشی

© Taemeer Publications LLC
**Bikharne se pahle** *(Novelette)*
by: Hira Qureshi
Edition: June '2024
Publisher :
*Taemeer Publications LLC* (Michigan, USA / Hyderabad, India)

ISBN 978-93-5872-874-3

9 789358 728743

© تعمیر پبلی کیشنز

| | | |
|---|---|---|
| کتاب | : | بکھرنے سے پہلے (ناولٹ) |
| مصنفہ | : | حرا قریشی |
| پروف ریڈنگ / تدوین | : | اعجاز عبید |
| صنف | : | فکشن |
| ناشر | : | تعمیر پبلی کیشنز (حیدرآباد، انڈیا) |
| سالِ اشاعت | : | ۲۰۲۴ء |
| صفحات | : | ۵۴ |
| سرورق ڈیزائن | : | تعمیر ویب ڈیزائن |

"آئی ایم سوری ڈاکٹر نشاط مگر CT Scan کے رزلٹ زیادہ حوصلہ افزاء نہیں ہیں۔ مجھے حیرت ہے آپ نے اتنی دیر کیوں کر دی؟ آپ کے سمپٹمز دیکھتے ہوئے تو بہت پہلے یہ سارے ٹیسٹ کروا لینے چاہیے تھے۔ بہر حال اب واحد حل Liver Transplant بچتا ہے۔"

ڈاکٹر ڈکسن نے اس کی رپورٹس کا تفصیلی جائزہ لیتے ہوئے بتایا تو نشاط کو لگا وہ اس کی نہیں کسی اور مریض کی بات کر رہے ہیں۔ جیسے وہ لوگ اکثر اس قسم کے کیسز ڈسکس کیا کرتے تھے اور پھر ڈاکٹر ڈکسن ان سب ریزیڈینٹ ڈاکٹرز سے مختلف ٹریٹمنٹس کے بارے میں پوچھتے تھے کہ اگر وہ ان کی جگہ ہوتے تو کون سی ٹریٹمنٹ دیتے۔ اسے اپنے کانوں پر یقین نہیں آرہا تھا کہ یہ سب اس کے بارے میں کہا جارہا ہے۔ نشاط نے کچھ کہے بغیر ان کے ہاتھ سے اپنی رپورٹس لیں اور دروازے کی طرف قدم بڑھا دیئے تھے۔ وہ بہت اچھی طرح جانتی تھی کے لیور ٹرانسپلانٹ کے لیے کتنی لمبی ویٹنگ لسٹ ہے۔ ڈاکٹر ڈکسن نے بہت دکھ سے باہر جاتی اپنی ذہین ترین اسٹوڈنٹ کو دیکھا۔۔ ابھی کچھ ہی دیر پہلے وہ سینئر ڈاکٹرز کے سامنے ڈاکٹر نشاط زیدی کی تعریفیں کرتے کہہ رہے تھے کہ وہ ایک بہت اچھی ڈاکٹر ثابت ہو گی اور وہ مسکرا کر سارا کریڈٹ ڈاکٹر ڈکسن کو دے گئی تھی۔ مگر اس وقت وہ نہیں جانتے تھے

کہ جس کا وہ اتنا فخریہ تعارف کرواتے ہوئے اس کے بہت آگے جانے کی پیشن گوئی کر رہے ہیں اس کے پاس بہت کم وقت رہ گیا ہے۔

***

وہ اس وقت کسی کا سامنا نہیں کرنا چاہتی تھی۔ تیز تیز چلتے پارکنگ کی طرف جاتے ہوئے اس نے عشارب کی آواز سنی ان سنی کر دی تھی۔

"نشاط کیا ہوا ہے؟ گھر میں تو سب ٹھیک ہے؟ تم رو کیوں رہی ہو؟" اس سے پہلے کے وہ اپنی گاڑی میں بیٹھتی عشارب نے دروازے پر ہاتھ رکھ دیا تھا۔

"پلیز عشارب اس وقت مجھے جانے دیں۔ میں کسی سے بھی بات نہیں کرنا چاہتی۔" اس نے اپنے آنسو پونچھتے ہوئے بہت بے بسی سے کہا تھا۔

"مجھے بتاؤ تو ہوا کیا ہے؟ ابھی تھوڑی دیر پہلے میں نے تمہیں ڈاکٹر ڈکسن کے ساتھ ایک وارڈ سے نکلتے دیکھا تھا۔ تب تو تم بالکل ٹھیک تھیں۔ کسی پیشنٹ کی وجہ سے پریشان ہو؟" عشارب نے اسے بری طرح روتے دیکھ کر پریشانی سے پوچھا تھا۔

"عشارب اس دفعہ میں کسی پیشنٹ کے لیے نہیں اپنے لیے رو رہی ہوں۔ میرے ٹیسٹ ہوئے تھے دو دن پہلے اور ابھی ڈاکٹر ڈکسن نے بتایا ہے کہ مجھے لیور سرہوسز ہے اور اس اسٹیج پر ہے کے لیور ٹرانسپلانٹ واحد ٹریٹمنٹ بچی ہے۔" وہ نہیں جانتی تھی کہ اس نے عشارب کو یہ سب کیوں بتا دیا تھا مگر اس وقت شاید کوئی بھی اس کے سامنے آتا وہ سب بتاتی چلی جاتی۔ بولتے بولتے وہ اپنی کار سے ٹیک لگائے وہیں زمین پر بیٹھ گئی تھی۔ اور عشارب کو لگا کے پورا آسمان اس کے سر پر آگرا

ہو۔ کچھ دیر تو وہ کچھ بول ہی نہ سکا۔ بڑی دقتوں سے اپنے اوپر قابو پا کر نشاط کا ہاتھ پکڑ کر اسے اٹھایا اور زمین پر پڑا اس کا استھیٹو اسکوپ اور رپورٹس اٹھائے اسے قریبی بینچ پر بٹھا دیا تھا۔ اور خود اس کی رپورٹس دیکھنے لگا یہ جانتے ہوئے بھی کے ڈاکٹر ڈکسن جیسے ماہر ڈاکٹر کی تشخیص غلط نہیں ہو سکتی اس نے پوری شدت سے دعا کی تھی کہ یہ کسی اور کی رپورٹس ہوں نشاط زیدی کی نہیں۔

رپورٹس دیکھ کر اس نے بہت پریشانی سے انہیں واپس لفافے میں ڈالا تھا اور دونوں ہاتھ منہ پر رکھے روتی ہوئی نشاط کو دیکھا۔

"اپنے آپ کو سنبھالو نشاط۔ میں مانتا ہوں یہ سب بہت شاکنگ ہے مگر تم پریشان نہیں ہو اِن شاء اللہ تم بالکل ٹھیک ہو جاؤ گی۔" عشارب نے اسے بہت دکھ سے دیکھا تھا۔ اسے سمجھ نہیں آرہا تھا اسے کن الفاظ میں تسلی دے۔

"آپ پلیز کسی کو نہیں بتائیں گے۔ میرے پیرنٹس تک یہ بات نہیں پہنچنی چاہیے۔" اس نے آنسو صاف کرتے ہوئے بینچ پر سے اپنی چیزیں اٹھائیں اور اٹھ کھڑی ہوئی تھی۔

"مگر نشاط۔۔۔اس طرح۔۔۔" وہ شش و پنج میں مبتلا تھا۔

"پلیز ابھی نہیں۔ میں نے مناسب سمجھا تو خود بتا دوں گی۔ میں انہیں اس تکلیف میں نہیں ڈالنا چاہتی جس سے میں گزر رہی ہوں۔" اس نے فیصلہ کن انداز میں کہا تھا۔

"اوکے ٹیک اٹ ایزی۔ پریشان نہیں ہو میں کسی سے کچھ نہیں کہہ رہا۔" وہ بھی اس کے ساتھ چلنے لگا تھا۔

"تھینکس۔" وہ بہت مشکل سے اپنے اوپر کنٹرول کر رہی تھی۔

"میں ڈراپ کر دوں؟" اس نے پریشانی سے پوچھا تھا۔

"نہیں امی پریشان ہوں گی۔ میں چلی جاؤں گی۔"

"خیال سے ڈرائیو کرنا۔" نشاط خاموشی سے اپنی گاڑی میں بیٹھ کر جاچکی تھی مگر عشارب کافی دیر تک وہیں کھڑا بے یقینی سے اس کے بارے میں سوچتا رہا تھا۔

***

تیز ہارن کی آواز پر وہ چونکی تھی گاڑیوں نے اس کے آس پاس سے نکل نکل کر جانا شروع کر دیا تھا مگر اسے اپنا ذہن بالکل ماؤف ہوتا محسوس ہو رہا تھا۔ نشاط نے گاڑی ایک سائڈ پر کر لی تھی۔ اس نے زور سے آنکھیں میچ کر کھولیں اور اپنے آپ کو یقین دلانے کی کوشش کی کہ ابھی تھوڑی دیر پہلے ڈاکٹر ڈکسن نے وہ سب اسے ہی بتایا تھا۔ " مگر اب۔۔۔ اب میں کیا کروں؟" اسے کچھ سمجھ نہیں آ رہا تھا کہ اپنے جذبات پر کیسے قابو پائے۔ " مما اور پاپا تو مجھے دیکھتے ہی سمجھ جائیں گے کہ میں روئی ہوں۔ ان سے کیسے جھوٹ بولوں گی میں؟" " مگر میں انہیں یہ سب بتا بھی تو نہیں سکتی۔ پاپا پہلے ہی ہارٹ پیشنٹ ہیں۔ وہ یہ سب کیسے برداشت کر سکیں گے۔" اس نے آنکھوں سے مسلسل بہتے آنسوؤں کو صاف کیا اور بہت مشکل سے اپنے آپ کو سنبھالا تھا۔ گھر پہنچ کر وہ سر درد کا کہہ کر اپنے روم میں بند ہو گئی تھی۔ مما کی کوئی دوست آئی ہوئی تھیں اس لیے انہوں نے زیادہ دھیان نہیں دیا۔ رات کا کھانا کھاتے ہوئے بھی وہ کافی چپ چپ تھی۔ مما پاپا دونوں نے پوچھا تھا مگر وہ ٹال گئی

تھی۔ مگر اپنے کمرے میں آتے ہی اس کا ضبط ٹوٹ گیا تھا۔ اسے یقین نہیں آرہا تھا کہ سب کچھ اتنی جلدی ختم بھی ہو سکتا ہے۔ اس نے کتنے شوق اور محنت سے میڈیکل فیلڈ جوائن کی تھی۔ ابھی وہ ریزیڈینسی کر رہی تھی۔ اس کے پیرنٹس نے اس کے لیے کتنے خواب دیکھ رکھے تھے۔ وہ لوگ کافی سالوں سے شکاگو میں رہائش پذیر تھے اور نشاط یونیورسٹی اوف شکاگو میڈیکل سینٹر میں ریزیڈینسی کر رہی تھی۔ نشاط کی ایک ہی بہن تھی، نرمین، جس کی دو سال پہلے شادی ہوئی تھی۔ نشاط کی انگیجمنٹ اس کے پاپا کے کزن کے بیٹے، تابش سے ہوئی تھی۔ ان لوگوں کی زندگی میں صرف خوشیاں ہی تھیں مگر اب نشاط کو لگتا تھا کہ ساری خوشیاں اس کے ہاتھوں سے ریت کی طرح پھسلتی جا رہی ہیں۔

کچھ دن تک اس نے اپنے آپ کو کافی حد تک سنبھال لیا تھا۔ وہ ہمیشہ سے بہت مضبوط رہی تھی۔ بڑے سے بڑے مسئلوں کو چٹکیوں میں اڑانے والی۔ اس دفعہ گو کہ بات بہت بڑی تھی مگر نشاط زیدی چھپا گئی' کیونکہ وہ اپنوں کو تکلیف میں نہیں دیکھ سکتی تھی۔ اس نے اپنے آپ کو بہت مصروف کر لیا تھا۔ صبح سے شام تک ہاسپٹل میں ہوتی تھی۔ شام کو گھر آکر بھی کسی نہ کسی کام میں مصروف ہو جاتی تھی۔ وہ تکلیف دہ سوچوں سے فرار حاصل کرنے کی کوشش میں لگی رہتی تھی۔ اس نے اپنے جذبات پوری طرح چھپا لیے تھے مگر تنہائی میں یہ سب اسے کسی ڈھونگ کی طرح لگتا تھا۔ وہ اکثر سوچتی تھی کہ وہ سب ٹھیک کر رہی ہے یا نہیں۔ نشاط کے لیے سب سے زیادہ اہم اس کے پیرنٹس کی خوشی تھی اور وہ اسے خوش دیکھ کر خوش رہتے تھے مگر اب اکثر نشاط کی طبیعت خراب رہنے لگی تھی۔ اس نے کافی ویٹ لوز کیا تھا، اس کا

کچھ کھانے کا دل ہی نہیں چاہتا تھا۔ بڑی مشکل سے مجبوری میں سب کے ساتھ بیٹھ کر تھوڑا بہت کھا لیتی تھی۔ مگر اس کی گرتی ہوئی صحت سب محسوس کر رہے تھے بلکہ کافی پریشان بھی تھے مگر وہ پڑھائی کی ٹینشن کا کہہ کر ٹالے جا رہی تھی۔

٭٭٭

"بہت مصروف ہو گئی ہے ہماری بیٹی۔ اب ہمارے پاس بیٹھنے کا ٹائم بھی نہیں مل رہا۔" پاپا کے کہنے پر وہ بہت دقتوں سے مسکرائی تھی۔ انہیں کیا بتاتی وہ سب سے بھاگ رہی تھی۔ اسے لگتا تھا وہ زیادہ دیر باتیں کرے گی تو اپنا ضبط کھو دے گی۔

"نہیں پاپا، بس ہاسپٹل میں بہت تھک جاتی ہوں۔ اسپیشلی نائٹ شفٹ ہو تو پھر پورا دن سوتے ہوئے گزرتا ہے۔" اس نے اپنا سر ان کے کندھے سے ٹکاتے ہوئے کہا تو انہوں نے بھی پیار سے اسے لپیٹ لیا تھا۔

"ہاں تو اپنا خیال رکھا کرو۔ دیکھو کتنی کمزور ہوتی جا رہی ہو۔ ٹائمنگز چینج کرواؤ۔ گھر میں خاموشی پڑی رہتی ہے۔ ہمیں اپنی وہی ہنستی مسکراتی نشی چاہیے۔ جو ہر ویک اینڈ پر خوب ہلہ گلہ کرتی تھی۔" انہوں نے پیار سے کہا تھا اور نشاط کو اپنے آنسوؤں پر قابو رکھنا مشکل لگنے لگا۔ وہ انہیں کیسے بتاتی کہ ان کے گھر میں ہمیشہ کے لیے خاموشی چھانے والی ہے۔ ان کی رونق لگائے رکھنے والی بیٹی کو موت ان سے چھین کر بہت دور لے جانے والی ہے۔

"کوشش کرتی ہوں پاپا کے کچھ دن کی چھٹی لے لوں۔ آپ ابھی آئے ہیں چینج کر لیں۔ میں کھانا لگاتی ہوں۔" اپنی آواز کو بہت حد تک نارمل رکھتے ہوئے وہ

اٹھ کر کچن کی طرف بڑھ گئی تھی۔ اور توقیر صاحب نے ناسمجھی سے اس کے لہجے میں موجود اداسی کی وجہ کے بارے میں سوچا تھا۔ وہ ان دونوں سے ہر بات شیئر کیا کرتی تھی۔ مگر کچھ دنوں سے وہ نوٹ کر رہے تھے کہ وہ خاموش ہوتی جا رہی ہے۔ وہ مسکراتی تو تھی مگر اب اس کی آنکھیں اس مسکراہٹ کا ساتھ نہیں دیتی تھیں۔ وہ ہنستی بولتی تھی مگر اب اس کے لہجے میں پہلے جیسی کھنک نہیں ہوتی تھی۔ "کیا یہ تابش سے انگیجمنٹ پر خوش نہیں ہے ؟" انہیں واحد یہی بات سمجھ میں آئی تھی اور وہ اپنی بیگم، مہرین سے اس بارے میں بات کرنے کا سوچتے ہوئے اٹھ گئے تھے۔

٭ ٭ ٭

نشاط کو لگ رہا تھا وقت کو پر لگ گئے ہیں۔ وقت اتنی تیزی سے گزر رہا تھا کہ اسے پتا ہی نہیں چلا اور ڈاکٹر ڈکسن سے ڈسکس کیے ایک مہینہ ہو چکا تھا۔ ان سے ہاسپٹل میں ملاقات ہوتی رہتی تھی مگر وہ اپنے بارے میں کچھ بھی ڈسکس کرنے سے اجتناب برت رہی تھی۔ وہ سارے ٹیسٹ کروا کر سب ڈاکٹر ڈکسن پر چھوڑ چکی تھی۔ انہوں نے اس کا نام بھی لیور ٹرانسپلانٹ کی ویٹنگ لسٹ میں شامل کروا دیا تھا۔

عشارب بھی اسی ہاسپٹل میں پانچ سال سے جاب کر رہا تھا۔ پہلے ان دونوں کی کافی بات چیت تھی۔ بلکہ ان کی فیملیز کا ایک دوسرے کے گھر آنا جانا بھی تھا اور عشارب کی بہن مائرہ سے نشاط کی بہت اچھی دوستی تھی۔ مگر اب نشاط عشارب کو اگنور کرنے کی کوشش کرنے لگی تھی۔ اس نے کافی دفعہ نشاط سے بات کرنے کی

کوشش کی مگر وہ حال چال پوچھنے کے بعد کوئی نہ کوئی بہانے کر کے وہاں سے چلی جاتی تھی۔ ایک دو دفعہ ایک دوسرے کے گھر آنا جانا بھی ہوا۔ مگر عشارب کو اندازہ ہو گیا تھا کہ نشاط نے اب تک گھر میں کچھ نہیں بتایا ہے۔ اس لیے وہ بھی خاموش رہا۔

ڈاکٹر ڈکسن کی دی گئی میڈیسن وہ باقاعدگی سے لے رہی تھی اور ساتھ ہی لیور ٹرانسپلانٹ کے لیے انتظار بھی کر رہی تھی مگر نشاط زیادہ پر امید نہیں تھی۔ وہ دعائیں ضرور مانگتی تھی مگر کبھی کبھی اس کو لگتا تھا کہ اب اس کی دعائیں قبول نہیں ہو رہیں۔ تب وہ بہت اداس ہو جاتی تھی۔ وہ پوری پوری رات جاگ کر گزارتی تیر۔ اب اسے موت سے بہت ڈر لگنے لگا تھا۔

***

"آج تابش کی امی کی کال آئی تھی۔ وہ لوگ اگلے مہینے کی کوئی تاریخ رکھنا چاہ رہے ہیں۔" وہ کمپیوٹر پر اپنا اسائنمنٹ کر رہی تھی جب اس کی مما نے دودھ کا گلاس اس کے سامنے رکھتے ہوئے بتایا تھا۔

"مگر مما اتنی جلدی؟" نشاط کو سمجھ نہیں آیا کہ کیا کہے۔

"جلدی کہاں؟ دو مہینے ہو چکے ہیں انگیجمنٹ کو۔ یہی بات ہوئی تھی کہ دو تین ماہ تک شادی کر دیں گے۔ اس ویک اینڈ پر بلا رہی ہوں میں ان لوگوں کو۔" انہوں نے پیار سے اس کے سر پر ہاتھ پھرتے ہوئے کہا۔

"مما پلیز! آج کل میں بہت بزی ہوں۔ ابھی کم سے کم مجھے تین مہینے اور دیں۔ آپ ابھی انہیں ٹال دیں۔"

"ایسے کیسے ٹال دوں؟ جب یہی بات ہوئی تھی تو اب وہ لوگ کوئی جواز مانگیں گے۔ کیا کہہ کر ٹالوں؟ بس تم کچھ دن کی چھٹیاں لے لینا۔ یہ مصروفیت تو کبھی ختم نہیں ہوتی" انہوں نے سرزنش کرتے ہوئے کہا تھا اور جلدی سونے کی تلقین کرتی ہوئی چلی گئی تھیں۔

نشاط بہت دیر تک کمپیوٹر کی اسکرین کو گھورتی رہی تھی۔ اسے سمجھ نہیں آرہا تھا کہ کیا کرے۔ یہ بات نشاط کے لیے پریشان کن تھی۔ وہ کسی کو بھی دھوکا نہیں دینا چاہتی تھی۔ وہ جانتی تھی کہ اس کے پاس بہت کم وقت رہ گیا ہے ایسے میں اسے سمجھ نہیں آرہا تھا کہ کیا کرے۔ وہ تابش سے صاف بات کرنے کا سوچتے ہوئے پی سی شٹ ڈاؤن کر کے لیٹ گئی تھی۔ اسے دم گھٹتا ہوا محسوس ہوا تو اٹھ کر کھڑکی کھول دی۔ دسمبر کی سرد ہوائیں بھی اس کے اندر کی گھٹن کم نہیں کر سکیں۔ اس نے ایک شکوہ کناں نظر آسمان کی طرف ڈالی "اتنی جلدی اللہ میاں جی، ابھی تو نشاط کے بہت سے خواب ادھورے رہتے ہیں۔ آپ نے مجھے اتنے مواقع دیئے اور اب جب کچھ کرنے کا وقت آیا تو آپ نے ایک جھٹکے میں سب کچھ مجھ سے چھین لیا۔ پلیز مجھے صرف آپ بچا سکتے ہیں۔ پلیز اللہ میاں میں ابھی مرنا نہیں چاہتی۔" آنکھو سے بہتے آنسوؤں کو رگڑتے ہوئے وہ اپنی ڈائری لے کر بیٹھ گئی تھی۔ اپنے دکھوں کی واحد ساتھی جس سے وہ سب کچھ کہہ لیتی تھی۔ مگر شاید زندگی کی سانسوں کے ساتھ الفاظ بھی ختم ہوتے جا رہے تھے۔ بہت دیر تک الٹی سیدھی لکیریں کھینچنے کے بعد کچھ لکھنے لگی تھی۔

ہوا کے بے رحم جھونکے چلیں

جب بھی

تو ڈرتی ہوں

کبھی

گہرے، مہیب سناٹے میں

موت کی چاپ سنتی ہوں

تبھی

زندگی کی لو ٹمٹمائے تو

میں لرز اٹھتی ہوں

کیونکہ

میں اک بجھتا دیا ہوں

نشاط کو لگا کہ وہ ایک بجھتا ہوا چراغ ہے۔ ایک دن بہت تیز ہوا چلے گی اور اس کی زندگی کی لرزتی ہوئی سانسوں کو بجھا دے گی مگر وہ ابھی جینا چاہتی تھی۔

٭ ٭ ٭

دوسرے دن وہ تابش کے لنچ آورز میں اس کے آفس میں موجود تھی اور وہ اسے وہاں دیکھ کر کافی حیران ہوا تھا کیونکہ اس سے پہلے وہ کبھی اس طرح نہیں آئی تھی۔

"کہیں میں خواب تو نہیں دیکھ رہا؟ تم اور یہاں۔

"Such a pleasant surprise

"اس طرف سے گزر رہی تھی سوچا چکر لگالوں۔" اس نے پھیکی سی مسکراہٹ کے ساتھ کہا تھا۔

"بہت اچھا کیا۔ میں لنچ آرڈر کر رہا تھا چلو اب باہر ہی لنچ کرتے ہیں۔" پانچ منٹ کی ڈرائیو پر ایک پاکستانی ریسٹورنٹ میں وہ آمنے سامنے بیٹھے تھے۔ نشاط مناسب الفاظ ڈھونڈ رہی تھی کہ کس طرح بات شروع کی جائے۔

"تمہارا سمیسٹر کب تک ختم ہو رہا ہے؟ امی نے کال کی تھی آنٹی کو۔" آرڈر دے کر تابش اس کی طرف متوجہ ہوا تھا۔

"بس دو ہفتے بعد ختم۔ آنٹی کی کال کا بتایا تھا ممانے۔ میں اسی بارے میں آپ سے ڈسکس کرنا چاہ رہی تھی۔" نشاط نے پانی کا دوسرا گلاس بھی ایک سانس میں ختم کیا اور اپنے ہاتھوں کی کپکپاہٹ پر بمشکل قابو پایا۔

"تو پھر کب چل رہی ہو شاپنگ پر؟ شاپنگ ہم دونوں ساتھ کریں گے۔ خاص طور پر شادی اور ولیمے کے ڈریسز کی۔" تابش کافی خوش لگ رہا تھا۔

"آپ بہت خوش ہیں؟" نشاط نے پوچھا تھا۔

"ہاں تو کیا نہیں ہونا چاہیے؟ مجھ سے تو اتنے دن بھی مشکل سے انتظار ہوا ہے۔" تابش واقعی بہت خوش تھا۔

"آپ مجھ سے کتنی محبت کرتے ہیں تابش؟" نشاط نے سنجیدگی سے پوچھا تھا۔

"بہت زیادہ۔ اتنی زیادہ کے کبھی کبھی مجھے خود پر حیرت ہوتی ہے کہ مجھے تم اتنی عزیز کیوں ہو گئی ہو۔ اور اتنے دن بھی پتا نہیں کیسے انتظار کیا ہے۔ اب بس انتظار ختم۔ ویسے آج خیریت تو ہے؟ میں کچھ بھی کہوں تو فوراً روک دیتی ہو اب خود

ہی پوچھ رہی ہو۔" تابش نے حیرت سے اس کی طرف دیکھا تھا۔

"تابش اگر میں کہوں آپ کچھ عرصے کے لیے مزید انتظار کر لیں پھر؟" نشاط نے اس کی طرف سوالیہ نظروں سے دیکھا تو تابش کی مسکراہٹ ایک دم غائب ہو گئی تھی۔

"میں اس کی وجہ پوچھ سکتا ہوں؟" وہ ایک دم سنجیدہ ہو گیا تھا۔

"وجہ؟" وہ ایک سیکنڈر کی تھی اپنے اندر ہمت پیدا کی اور پھر بہت دقتوں سے بولنا شروع ہوئی تھی "وجہ یہ ہے تابش کہ میں کسی کو دھوکا نہیں دینا چاہتی۔"

"تم کسی اور کو پسند کرتی ہو تو مجھے اتنا عرصہ بیوقوف کیوں بنایا؟" نشاط کی بات بیچ میں ہی کاٹ کر تابش تیز لہجے میں بولا تھا۔ اور نشاط کے چہرے پر ایک سایہ سا لہرا گیا تھا۔

"بہت افسوس کی بات ہے۔ ابھی کچھ منٹ پہلے محبت کا دعویٰ کرنے والے نے میری پوری بات سنے بغیر ہی الزام تراشی شروع کر دی۔" نشاط کو اس کی بات سے شدید دکھ پہنچا تھا۔ تابش کو بولنے کا موقع دیئے بغیر وہ مزید بولی تھی، "مجھے لیور سر ہوسز ہے اور میرے پاس صرف کچھ ماہ کا وقت بچا ہے۔ آپ سے صرف اتنا کہنا تھا کہ میں شادی نہیں کرنا چاہتی۔ آپ پلیز یہ سب کچھ عرصے تک کے لیے رکوا دیں۔ پھر تو سب خود ہی ختم ہو جائے گا۔ مگر پلیز میرے گھر والوں کو کچھ بھی پتا نہ چلے۔ میں انہیں تکلیف میں نہیں دیکھنا چاہتی۔ آپ بس یہ سب رکوا دیں۔ کچھ مہینے میرے لیے مزید رک جائیں۔۔۔ بس اتنی سی خواہش ہے۔ اتنا تو کر سکتے ہیں نا؟" اس نے پانی کا گلاس پھر بھرا تھا اور ایک ہی سانس میں چڑھا گئی۔ تابش کو شاک لگا

تھا۔ کچھ دیر وہ بالکل خاموش رہا۔

"مجھے یقین نہیں آ رہا نشاط۔ ایک دم۔۔۔ تم نے کسی اور ڈاکٹر کو دکھایا؟" اس نے اپنی پہلے والی بات بالکل اگنور کر دی تھی۔

"ڈاکٹر ڈکسن اور ڈاکٹرز سے بھی ڈسکس کر چکے ہیں۔ شک کی گنجائش ہی نہیں۔ اب آپ اتنا بتا دیں کہ آپ شادی رکوا سکتے ہیں یا نہیں؟ مگر پلیز انگیجمنٹ رہنے دیں۔ صرف کچھ عرصہ۔۔۔ انگیجمنٹ ختم ہوئی تو مما، پاپا پریشان ہوں گے اور میں انہیں پریشان نہیں کرنا چاہتی۔ نہ ہی آپ لوگوں کو دھوکا دینا چاہتی ہوں۔" نشاط کو اب تک اس کی کسی اور کو پسند کرنے والی بات پر دکھ تھا مگر پھر بھی اس نے اس کی طرف امید بھری نظروں سے دیکھا تھا۔

تابش کچھ دیر کچھ سوچتا رہا پھر بولا تھا، "ٹھیک ہے۔ میں امی کو سمجھا لوں گا۔ چلو تمہیں ڈراپ کر دوں۔" نشاط نے اس کو اٹھتے دیکھ کر اپنا بیگ اٹھایا اور باہر کی طرف قدم بڑھا دیئے تھے۔ وہ آئے تو لنچ کرنے تھے مگر ایسے ہی اٹھ آئے۔ تابش پورا راستہ بالکل خاموش رہا تھا۔ نشاط اس کی طرف سے کسی تسلی کی توقع کرتی رہی مگر تابش نے کوئی بات نہیں کی تھی۔

***

ایک ہفتہ بالکل خاموشی چھائی رہی تھی اور نشاط بھی کافی حد تک نارمل رویہ رکھنے میں کامیاب رہی تھی مگر آج گھر آئی تو نرمین آپی اپنے چھ ماہ کے بیٹے عثمان کو گود میں لیے امی سے باتوں میں مصروف تھیں۔

"ارے آج تو بڑے بڑے لوگ آئے ہوئے ہیں اور یہ میرا گپلو۔" وہ عثمان کو لیتے ہوئے نرمین کے ساتھ ہی بیٹھ گئی تھی۔

"میں کھانا نکالتی ہوں تم چینج کر لو نشاط۔" اسے مما کافی چپ چپ لگیں تو سوالیہ انداز میں نرمین کی طرف دیکھا تھا اور اس نے نظریں چرا لی تھیں۔

"کیا ہوا ہے آپی؟"

"کچھ نہیں کیا ہونا ہے" نرمین نے ٹالنے کی کوشش کی۔

"پلیز آپی۔ مجھے بتائیں کیا ہوا ہے؟ آپ اور مما اتنی پریشان لگ رہی ہیں۔" نشاط کے لہجے میں پریشانی تھی۔

"آج تابش کی امی کی کال آئی تھی۔" نرمین نے گلہ کھنکھارتے ہوئے بولنا شروع کیا تھا۔

"پھر۔۔۔؟" نشاط کو ڈر تھا کہ کہیں تابش نے اس کے بارے میں نہ بتا دیا ہو۔

"انہوں نے انگیجمنٹ ختم کر دی ہے۔ وہ تابش کی اپنی بہن کی بیٹی سے شادی کر رہی ہیں۔" نرمین نے کافی دکھ سے بتایا تھا۔

"اور؟ کچھ اور بھی کہا کیا؟" نشاط نے ڈرتے ڈرتے پوچھا تھا۔

"وہ کہہ رہی تھیں کہ شاید آپ کی بیٹی کو کوئی اور پسند ہے۔ اسی سے کر دیں تمہاری شادی۔ کافی روکھے انداز میں بات کی اور مما کی سنے بغیر ہی فون رکھ دیا۔ انسان رشتہ داری کا ہی کچھ لحاظ کر لے۔ آرام سے بھی بات کر سکتی تھیں۔" نرمین کو ان پر غصہ بھی آ رہا تھا۔ نشاط نے ایک گہری سانس لی اور اللہ کا شکر کیا کہ نشاط کی بیماری کے بارے میں کچھ نہیں بتایا۔

"میں چینج کر کے آتی ہوں۔" نشاط نے عثمان کو نرمین کو پکڑاتے ہوئے کہا۔

"مگر نشاط کیا تم واقعی کسی اور کو پسند کرتی ہو؟" نرمین آپی نے ہچکچاتے ہوئے پوچھا تھا۔

"مجھے کوئی اور پسند ہوتا تو میں سب سے پہلے آپ کو ہی بتاتی اور آپ مجھے اچھی طرح جانتی ہے آپی میں کتنی فیئر ہوں۔ اگر مجھے کوئی اور پسند ہوتا تو تابش سے انگیجمنٹ کیوں کرواتی؟ کوئی زبردستی تو نہیں ہوئی تھی میرے ساتھ۔ بہر حال مجھے ان کے اس جھوٹے الزام سے کوئی فرق نہیں پڑتا۔ آپ مما پاپا کو سمجھایئے گا وہ دونوں بہت پریشان ہوں گے۔" اسے اپنے گلے میں آنسوؤں کا گولا اٹکتا محسوس ہوا۔ اپنا بگا اٹھا کر اپنے روم کی طرف چلی گئی تھی۔ اس نے بہت دفعہ سوچا تھا کہ نرمین کو سب بتادے۔ وہ اپنی بہن سے کافی کلوز تھی مگر وہ جانتی تھی کہ اگر اس نے نرمین آپی کو کچھ بھی بتایا تو وہ مما پاپا کو ضرور بتائیں گی۔ "یہ تابش کی کیسی محبت تھی جو وہ ایک ہفتہ بھی نہیں رک سکے؟ اتنی خود غرضی۔ ایک مرتے ہوئے انسان کے لیے اتنا بھی نہیں کر سکے کہ کچھ عرصے اس کے مرنے کا انتظار ہی کر لیتے۔" نشاط کو خود تو دکھ ہوا ہی تھا مگر مما پاپا کی پریشانی کا سوچ کر وہ مزید دکھی ہو گئی تھی۔ اپنی آنکھوں میں امڈتے آنسوؤں کو رگڑتے وہ ایک دفعہ پھر اپنے بکھرتے وجود کو سمیٹنے کی کوشش کر رہی تھی۔

***

گھر میں کافی سناٹا چھایا رہتا تھا۔ توقیر صاحب اور مہرین بیگم نے نشاط سے اس

سلسلے میں کوئی بات نہیں پوچھی تھی بلکہ وہ اس کا اور زیادہ خیال رکھنے لگے تھے۔ اسے اپنے مما پاپا کی اس محبت اور اعتماد پر جتنی خوشی ہوئی تھی یہ وہی جانتی تھی۔ چاہے کوئی کچھ بھی کہے وہ اپنی بیٹی کو بہت اچھی طرح جانتے تھے اس لیے اس بارے میں اس سے کچھ بھی نہیں پوچھا تھا اور نشاط ہلکی پھلکی ہو گئی تھی۔ مگر تابش کے رویے پر اسے کافی دکھ تھا۔ کیا بگڑ جاتا اگر وہ اسے کچھ ماہ دے دیتا۔ کم سے کم وہ اپنے پیرنٹس کو اس دکھ سے تو بچا لیتی۔

"کیا دیکھا جا رہا ہے؟" اپنی سوچوں میں گم وہ چینلز پر چینلز بدلے جا رہی تھی جب تو قیر صاحب نے اس کے سر پر ہاتھ رکھتے ہوئے کہا تھا۔

"کچھ خاص نہیں بس ایسے ہی۔ آپ ابھی تک جاگ رہے ہیں؟" اس نے گھڑی کی طرف دیکھا جو رات کا ایک بجا رہی تھی اور اس کے پاپا جلدی سونے کے عادی تھے۔

"بس نیند نہیں آ رہی تھی، یہاں کی لائٹ جلتی دیکھی تو آ گیا۔ تم کیوں نہیں سوئیں ابھی تک؟" وہ اس سے پوچھتے ہوئے وہیں اس کے ساتھ ہی بیٹھ گئے تھے۔

"میں بس جا رہی تھی سونے۔ ابھی ایک مووی آ رہی تھی وہی دیکھ رہی تھی۔" نشاط نے انہیں مطمئن کرنے کے لیے بہانا بنایا ورنہ وہ کافی دیر سے ایسے ہی چینلز بدلے جا رہی تھی۔ ذہن میں عجیب جنگ چھڑی تھی۔

"بیٹا جو کچھ ہوا اس پر یقیناً تم بھی اپ سیٹ ہو گی۔ مگر زندگی چلتے رہنے کا نام ہے۔ مجھے تابش کی فیملی کے رویے پر کافی افسوس ہے مگر سب اپنی مرضی کے مالک ہیں۔ اس میں ہماری بیٹی کے لیے کوئی بہتری ہو گی۔ اور ہم ہیں نا اپنی بیٹی کے ساتھ۔

ہر مشکل ہر آزمائش سے بچانے کے لیے ہم، ہماری دعائیں تمہارے ساتھ ہیں۔" انہوں نے اسے سمجھاتے ہوئے اپنے قریب کیا مگر وہ جو بہت مشکل سے اپنے آنسوؤں پر ضبط کیے بیٹھی تھی ان کی باتوں پر سارے بندھ ٹوٹ گئے۔ وہ انہیں کیسے بتاتی کہ ان دعائیں بھی اس کو اس آزمائش سے نہیں نکال سکیں گے۔ مہرین بیگم بھی وہیں آ گئی تھیں اور دونوں اس کے رونے کی وجہ تابش سے انگیجمنٹ ٹوٹنا سمجھ رہے تھے اور اس نے ان دونوں کی غلط فہمی دور بھی نہیں کی تھی۔ وہ انہیں کیا بتاتی؟ کہ تابش سے انگیجمنٹ ٹوٹنا تو بہت معمولی بات تھی، وہ ان جیسے محبت کرنے والے ماں باپ سے ہمیشہ کی جدائی کا سوچ کر رو رہی ہے۔

"نشی میری جان، ایسے فضول لوگوں کے لیے تم خود کو کیا ہلکان کر رہی ہو؟ ہم ہیں نا تمہارے ساتھ۔ اِن شاء اللہ تیں م تابش سے بہت بہتر انسان ملے گا۔" مہرین بیگم نے کہتے ہوئے اسے پیار سے ساتھ لگا لیا تھا اور وہ جی بھر کے رو لینا چاہتی تھی۔

"چپ ہو جاؤ بیٹا۔ یہ اتنی بڑی بات بھی نہیں ہے۔ انگیجمنٹ ہی ختم ہوئی ہے نا اچھا ہوا ان لوگوں کا پہلے ہی اندازہ ہو گیا۔ جو لوگ ابھی سے الزام تراشی کر رہے ہیں وہ بعد میں کیا کرتے۔ تم پریشان نہ ہو۔ اللہ بہتر کرے گا۔" پاپا کے کہنے پر اس نے بمشکل اپنے آنسوؤں کو روکا تھا۔ ان دونوں کو پریشان دیکھ کر نشاط نے ایک دم اپنے آپ کو سنبھال لیا۔ وہ دونوں کافی دیر اسے سمجھاتے رہے تھے اور وہ غائب دماغی سے سیتر رہی تھی۔ پھر مہرین بیگم اسے سونے کی تلقین کرتی کمرے تک چھوڑ گئی تھیں۔ مگر نیند آنکھوں سے کوسوں دور تھی۔ عشاء کی نماز وہ کب کی پڑھ چکی تھی مگر ایک دفعہ پھر جاء نماز پر جا بیٹھی۔

"اللہ میاں آپ کو تو پتا ہے نا میں کتنی کم ہمت ہوں۔ میں نے آج تک مما پاپا سے کچھ نہیں چھپایا۔ اب جب بعد میں انہیں پتا چلے گا کہ میں نے اپنی کنڈیشن ان سے چھپائی تھی تو وہ دونوں کتنا دکھی ہوں گے۔ مگر میں کیا کروں۔۔۔ اگر انہیں بتاتی ہوں تو ان دونوں کی بہت بری حالت ہو جائے گی۔ پلیز اللہ میاں مجھے بچالیں۔ دادی کہتی تھیں آپ کچھ بھی کر سکتے ہیں۔ آپ کے لیے کچھ بھی مشکل نہیں۔ میں جانتی ہوں میرے بچنے کے چانسز بہت کم ہیں۔ اسی لیے میں زیادہ دعا بھی نہیں مانگتی۔ مگر جب ساری امیدیں ٹوٹ جاتی ہیں تب بھی آپ پر یقین کم نہیں ہوتا۔ آپ مجھے بچا لیں گے نا؟" بار بار یہی دعائیں مانگتے اس نے پوری رات روتے ہوئے جاء نماز پر بیٹھے گزار دی تھی۔

***

سمیسٹر ختم ہوتے ہی ان سب دوستوں نے بیچ پر جانے کا پروگرام بنا لیا تھا۔ نشاط نے مائرہ کو تو ٹال دیا تھا مگر یقیناً اس نے اپنے بھائی کو بتا دیا تھا تبھی صبح ہی صبح وہ ان کے گھر چلا آیا۔

"تم کیوں نہیں چل رہیں ہمارے ساتھ؟" عشارب نے آتے ہی پوچھا تھا۔

"میرا موڈ نہیں ہو رہا اور کچھ کام بھی ہے۔" نشاط نے ٹالنے کی کوشش کی۔ اس کی مما بھی وہیں آ گئی تھیں۔

"السلام علیکم آنٹی۔"

"وعلیکم السلام۔ ویک اینڈ پر اتنی صبح کیسے اٹھ گئے؟" مہرین نے مسکراتے

ہوئے پوچھا تھا۔

"وہ آج ہم سب کا بیچ پر جانے کا پروگرام ہے نشاط کو پک کرنے آیا ہوں مگر یہ محترمہ اب تک تیار نہیں ہوئیں۔" عشارب کے کہنے پر نشاط نے اسے گھورا تھا۔

"اچھا۔ نشاط تم نے ذکر نہیں کیا، کچھ کھانے پینے کو ساتھ لے جانا۔ بلکہ میں خود ہی دیکھتی ہوں تم تو الا بلا اٹھا کر لے جاؤ گی۔" وہ اٹھ کر کچن میں چلی گئی تھیں۔

"میرا ساتھ جانے کا کوئی پروگرام نہیں تھا پھر آپ نے مما سے کیوں کہہ دیا؟" نشاط نے چڑچڑے لہجے میں کہا۔

"جب ہمارا پروگرام نہیں ہوتا اور تم شارٹ نوٹس پر سب کو جانے پر تیار کر سکتی ہو تو پھر اب ہمارے کہنے پر نہیں چل سکتیں؟" عشارب کے لہجے میں ناراضگی تھی۔

"اب جلدی تیار ہو پلیز وہاں ہمارے گھر مائرہ، عمیر اور باقی سب انتظار کر رہے ہیں۔" نشاط کو خاموش دیکھ کر اس نے مزید کہا تھا اور وہ اٹھ کر تیار ہونے چل دی تھی ورنہ مما کو وضاحتیں دینا پڑتیں کیونکہ وہ جانتی تھیں نشاط گھومنے پھرنے کی کتنی شوقین ہے۔

***

اسے پانی کا شور بہت اچھا لگ رہا تھا۔ وہ، مائرہ اور امبرین وہیں پانی کے قریب ہی بیٹھ گئی تھی جبکہ لڑکے کافی آگے پہنچے ہوئے تھے۔ ہر تھوڑی دیر بعد پانی کی لہریں اس کے پاؤوں کو بھی بھگو جاتی تھیں۔

"یار یہاں بیٹھنے کے لیے تو نہیں آئے۔ مانا تمہارے بہت ضروری کام رہ گئے ہیں مگر پھر بھی اب کیا یونہی منہ لٹکائے بیٹھی رہو گی؟" امبرین نے نشاط کو خاموش بیٹھے دیکھ کر کہا تھا۔

"منہ لٹکائے کون بیٹھا ہے؟ مجھے بس یہاں بیٹھنا اچھا لگ رہا ہے۔ تم لوگوں کو جانا ہے تو جاؤنا مگر میں واقعی یہیں بیٹھنے کے لیے آئی تھی۔" اس نے مسکراتے ہوئے کہا تھا۔ تھوڑی دیر وہ دونوں وہیں بیٹھی باتیں کرتی رہیں۔

"تم دونوں یہاں بیٹھنے کے لیے آئی تھیں؟ مائرہ کو تو بہت شوق ہو رہا تھا پانی میں جانے کا اب یہیں بیٹھی ہو، پھر گھر جا کر مجھے باتیں سناؤ گی۔ میری وجہ سے ٹک کر بیٹھی ہو تو کوئی ضرورت نہیں ہے۔ جاؤنا مجھے واقعی یہیں مزہ آرہا ہے" نشاط کے کہنے پر وہ دونوں اسے گھورنے لگی تھیں۔

"ہاں تم دنیا جہان سے بیزار یہیں بیٹھی رہو ہم ذرا پانی کا ٹیمپریچر چیک کر کے آئے" مائرہ نے اٹھتے ہوئے کپڑوں پر سے ریت جھاڑتے ہوئے کہا اور دونوں تھوڑی دیر میں آنے کا کہہ کر آگے چلی گئی تھیں۔ وہ گھٹنوں کے گرد بازو لپیٹے شور مچاتی لہروں کو دیکھتی رہی۔ اس کے اندر بھی ایسا ہی شور تھا مگر وہ اس شور کو اندر ہی اندر دبانے کی کوشش میں ہلکان ہوتی رہتی تھی۔

وہ ریت پر اپنا نام لکھتی تھی اور ہر تھوڑی دیر بعد کوئی لہر آکر اسے مٹا جاتی تھی۔ پتا نہیں کتنی بار اس نے اپنا نام لکھا اور لہروں نے آکر مٹا دیا۔ اس نے ایک دفعہ پھر سے نشاط لکھا اور اس سے پہلے کے کوئی لہر آتی عشارب نے اس کے نام کے نیچے عشارب لکھا اور فوراً اس کی تصویر کھینچ لی۔ نشاط نے کچھ چونک کر عشارب کی

طرف دیکھا۔ اس کو پتا بھی نہیں چلا عشارب کب اس کے ساتھ آ کر بیٹھ گیا تھا۔

"لہروں سے ضد باندھ کر بیٹھی ہو؟ یہ دیکھو اب ہمارا نام کوئی لہر نہیں مٹا سکتی۔ سب میرے نام کا کمال ہے۔" عشارب نے اسے ابھی کھینچی گئی تصویر دکھاتے ہوئے کہا تھا۔

"جی نہیں۔ یہ سب ڈیجٹل کمرے کا کمال ہے۔ خالی میرا نام لکھا ہوتا تب بھی ایسی ہی تصویر آتی۔" نشاط نے چڑتے ہوئے کہا۔

"اتنی دیر سے تو تم کوشش کر رہی تھیں تصویر کھینچنے کی' مگر اس سے پہلے ہی لہر آ جاتی تھی۔ ویسے سچ کہہ رہا ہوں نشی اگر تمہارا نام میرے نام کے ساتھ لکھا ہو تو ہمیں کوئی نہیں مٹا سکتا۔ پھر میں ممی پاپا کو کب بھیجوں؟" عشارب کے لہجے میں شرارت تھی۔

"آپ کسی مرتے ہوئے انسان کا ساتھ کیوں چاہتے ہیں؟ صرف اس لیے کے وہ آپ کی دوست ہے اور آپ کو اس پر ترس آ رہا ہے؟" نشاط کے لہجے میں تلخی گھل گئی۔۔

"بہت افسوس کی بات ہے۔ تم میری محبت کو ترس سمجھ رہی ہو۔ اگر تابش بیچ میں نہ آیا ہوتا تو میں یہ سب پہلے ہی کر چکا ہوتا۔ مگر تمہارے ممی پاپا کو اتنی جلدی تھی کہ ہم دیکھتے ہی رہ گئے اور ان لوگوں نے تمہاری انگیجمنٹ کر دی۔ مگر خیر اس دفعہ میں یہ موقع ہاتھ سے نہیں جانے دوں گا۔ صرف تمہاری طرف سے اوکے کا سگنل ملنے کا انتظار کر رہا ہوں اگلے دن ممی پاپا کے ساتھ تمہارے گھر ہوں گا۔

"مجھے نہیں کرنی شادی۔ میں نے تابش کو بھی یہی کہا تھا کہ میں کسی کو دھوکا

نہیں دینا چاہتی۔" اس نے ریت پر آڑھی ترچھی لکیریں کھینچتے ہوئے کہا۔

"تم کسی کو دھوکا نہیں دے رہیں۔ مجھے ہر بات کا علم ہے۔ اور اب میرے سامنے تابش کا نام مت لینا۔ تمہیں سوچنے کے لیے وقت چاہیے تو لے لو مگر مجھے جواب ہاں میں چاہیے۔" اپنی بات مکمل کر کے وہ وہاں سے اٹھ کر چلا گیا تھا اور نشاط کا دل چاہا تھا کہ وہ بھی شور مچاتے سمندر کی طرح چیخ چیخ کر اپنے اندر کی ساری بے چینی، سارا غصہ عیاں کر دے۔ وہ اپنے آپ سے لڑتے لڑتے تھکنے لگی تھی۔

***

پھر کتنے ہی دن خاموشی سے گزر گئے۔ اس نے دوستوں سے ملنا بھی کم کر دیا تھا۔ جب سب بار بار اس سے پوچھتے تھے تمہاری طبیعت ٹھیک نہیں لگ رہی۔۔۔ تم ٹھیک طرح بات کیوں نہیں کر رہیں یا تم پہلے کی طرح ہنستی نہیں ہو تو نشاط کے پاس کوئی جواب نہیں ہوتا تھا۔ وہ پوری کوشش کرتی تھی کہ پہلے کی طرح رہے مگر کبھی کبھی بے بس ہو جاتی تھی۔ آج بھی مائرہ نے اسے ہاسپٹل سے گھر کے لیے نکلتے دیکھا تو باہر ہی روک لیا تھا۔

"آخر تم کس سے بھاگ رہی ہو نشاط؟" مائرہ نے جھنجلا کر پوچھا تھا۔

"موت سے۔" نشاط نے ڈوبتے سورج کو دیکھتے ہوئے کہا تھا۔

"اللہ نہ کرے۔ سوچ سمجھ کر بولا کرو۔" اس کے سرزنش کرنے پر نشاط نے آسمان سے نظریں ہٹا کر مائرہ کی طرف دیکھا۔

"سوچنے سمجھنے کی صلاحیت ختم ہوتی جا رہی ہے مائرہ۔ مجھے لگتا ہے میں اس

ڈوبتے سوچ کی طرح ہوں۔ جو ڈوبنا نہیں چاہتا مگر رات کے اندھیرے اس پر غالب آجاتے ہیں۔ میں ڈوبنے سے پہلے روشنی کرنا چاہتی ہوں مگر مجھے ہر طرف اندھیرے نظر آرہے ہیں۔ میں ایسے مرنا نہیں چاہتی۔ ابھی تو مجھے بہت کچھ کرنا تھا پھر۔۔۔ پھر یہ موت کیوں نظر آرہی ہے؟ میں واقعی موت سے بھاگ رہی ہوں۔ میں اتنا تیز بھاگنا چاہتی ہوں کہ موت مجھ سے بہت پیچھے رہ جائے۔ تمہیں پتا ہے مائرہ میں پوری پوری رات جاگتی ہوں۔ پلکیں جھپکائے بغیر۔۔۔ مجھے لگتا ہے موت میرے تعاقب میں ہے۔۔۔ مجھے لگتا ہے وہ گھات لگائے بیٹھی ہے۔ اگر میں نے آنکھیں بند کیں یا اپنی رفتار کم کی تو موت مجھے اپنے پنجوں میں جکڑ لے گی۔۔ میں ابھی مرنا نہیں چاہتی مائرہ۔" اس کے بے بسی سے کہنے پر مائرہ نے نظریں چرالی تھیں۔ مستقل اپنے آپ سے لڑتے لڑتے وہ تھک گئی تھی۔ اس لیے کچھ دن پہلے عشارب کی حمایت کرنے پر نشاط مائرہ کو سب بتاتی چلی گئی تھی۔ پہلے تو مائرہ کے لیے یقین کرنا ہی مشکل تھا۔ پھر عشارب سے پوچھنے پر بھی نشاط کے بارے میں یہی پتا چلا تو وہ اپنی دوست کی تکلیف اور بچھڑ جانے کے خوف سے بہت پریشان ہوگئی تھی۔

"تمہیں کچھ نہیں ہو گا نشاط۔ اِن شاء اللہ۔ دیکھو سب کچھ اللہ کے ہاتھ میں ہے۔ کسی کی زندگی کا نہیں پتا تم اس ناامیدی اور خوف سے باہر نکل آؤ اور بھائی کی بات مان لو۔ اگر تم ہی کمزور پڑ گئیں تو آنٹی اور انکل کا کیا ہو گا؟" مائرہ نے اسے سمجھانے کی کوشش کی تھی۔

"اسی لیے تو میں انہیں بتانا نہیں چاہتی۔" نشاط نے ساتھ رکھی فائل اٹھائی اور دونوں پارکنگ کی طرف بڑھ گئی تھیں۔

\*\*\*

بکھرنے سے پہلے
جو کچھ پل بچے ہیں
ان میں
زندگی کی سب
بکھرتی خوشیاں سمولیں
مہکتے سپنے سجالیں
اندھیروں میں
جو پھیلے ہیں اب
کچھ پل کو اجالے کر لیں
بجھتے دیئے جلالیں
زیست میں
جو بے رنگ ہے اب
بہت سے رنگ بھر لیں
ہم کھل کے جی لیں
ان لمحوں میں
کچھ دیر کو سہی
آنسو چھپا کر، مسکرالیں

بکھرنے سے پہلے

نشاط اس تھوڑے سے عرصے میں وہ سب کر لینا چاہتی تھی جس کے اس نے خواب دیکھے تھے۔ یہ حقیقت تو اس نے تسلیم کر لی تھی کہ اس کے پاس بہت کم وقت بچا ہے۔ اب یہ اس پر تھا کہ اس وقت کو روتے ہوئے ضائع کر دیا جائے یا ان چند ماہ میں پوری زندگی جی لی جائے اور وہ ہمیشہ سے Optimistic رہی تھی۔ ہر بات کا مثبت رخ دیکھنے کی عادی۔ اسی عادت نے اسے سنبھلنے میں کافی مدد دی تھی۔ اپنی ای میلز چیک کرتے ہوئے اسے ایک نیا خیال آیا۔ مما پاپا سے اجازت لینا تھوڑا مشکل تھا مگر وہ جانتی تھی وہ دونوں مان جائیں گے۔ کچھ دن پہلے ہیٹی میں آنے والے زلزلے کی وجہ سے ڈاکٹرز کی ٹیم ہیٹی جا رہی تھی۔ وہ بھی اس بارے میں سوچ رہی تھی مگر آج آنے والی ای میل اسلامک میڈیکل ایسوسی ایشن کی طرف سے تھی اور جانے والوں میں عشارب بخاری اور مما کی دوست عالیہ آنٹی کا نام دیکھ کر نشاط نے فوراً دیئے گئے نمبر پر کال کر کے کنفرم کیا تھا کہ ان کے پاس ابھی جگہ ہے یا نہیں۔ تھوڑی دیر میں کنفرم کر کے بتانے کا کہہ کر وہ مما، پاپا کے روم میں پہنچ گئی تھی۔ پاپا آفس جانے کی تیاری کر رہے تھے۔

"پاپا عالیہ آنٹی اور عشارب اسلامک میڈیکل ایسوسی ایشن کی ڈاکٹرز کی ٹیم کے ساتھ ہیٹی جا رہے ہیں۔ ابھی ان لوگوں کو مزید ڈاکٹرز کی ضرورت ہے۔ پاپا میں بھی چلی جاؤں؟" اس نے امید بھری نظروں سے ان کی طرف دیکھا تو وہ کچھ دیر سوچ میں پڑ گئے۔

"مگر بیٹا وہاں آفٹر شاکس آ رہے ہیں۔ ابھی جانا محفوظ نہیں ہے۔" مما اسے

صاف منع بھی نہیں کرنا چاہتی تھیں مگر اجازت دیتے ڈر بھی رہی تھیں۔

"مما پلیز! ایسے تو کوئی بھی کہیں بھی سیف نہیں ہے۔ اور وہاں اتنے لوگ جا رہے ہیں تو پھر میں کیوں نہیں جا سکتی؟ پہلے آپ نے اکیلے جانے کی وجہ سے منع کیا تھا مگر اب تو عالیہ آنٹی اور عشارب بھی ساتھ ہوں گے۔ پلیز مما! جانے دیں نا۔ اور پاپا جب پاکستان میں زلزلہ آیا تھا آپ نے مجھے تب بھی نہیں جانے دیا تھا کہ چھوٹی ہو۔ اب تو میں چھوٹی نہیں ہوں نا۔ اس لیے پلیز جانے دیں۔" نشاط نے منتیں شروع کر دیں تو توقیر صاحب مسکرا دیئے تھے۔

"اچھا چلو ٹھیک ہے۔ کتنے دن کے لیے جانا ہے؟" انہوں نے اجازت دیتے ہوئے پوچھا تو جہاں نشاط خوشی سے ان کے گلے لگ گئی وہیں مہرین بیگم نے ناراضگی سے ان کی طرف دیکھا تھا۔

"میں ابھی کال کر کے ساری ڈیٹیلز لیتی ہوں۔" وہ پاپا کے بعد مما کو پیار کرتی باہر نکل گئی تھی۔

"آپ دیکھ تو رہے ہیں وہ اتنے دنوں سے کتنی اپ سیٹ ہے۔ صحت بھی ٹھیک نہیں۔ پھر بھی جانے کی اجازت دے دی۔" نشاط کے کمرے سے نکلتے ہی مہرین بیگم بولی تھیں۔

"یہی سوچ کر جانے کی اجازت دی ہے۔ اچھا ہے وہ اس فیز سے تو نکلے گی۔ تم نے دیکھا وہ کتنے دن بعد بالکل پہلے کی طرح مسکرائی ہے۔ ورنہ تو اتنی چپ چپ رہتی ہے۔ مسکراتی بھی ہے تو اس کی آنکھوں میں اتنی اداسی ہوتی ہے کہ میرا دل کٹتا ہے۔ اب آپ اسے ڈانٹنے نہ بیٹھ جایئے گا۔" توقیر صاحب کی بات پر وہ چپ ہو

گئی تھیں۔ آج کتنے دنوں بعد نشاط کھل کر مسکرائی تھی اور وہ دونوں نشاط کی خوشی میں خوش تھے۔

\*\*\*

ابھی وہ اپنی ساری انفارمیشن اور جانے کا کنفرم کرکے عشارب کو کال کرنے کا سوچ ہی رہی تھی کہ عشارب کی کال آ گئی تھی۔

"تم نے اسلامک میڈیکل ایسوسی ایشن کے ساتھ جانے کے لیے رجسٹر کیا ہے؟" سلام دعا کے بعد اس نے سب سے پہلے یہی بات پوچھی تھی۔

"ابھی پانچ منٹ بھی نہیں ہوئے اور آپ کو پتا بھی چل گیا۔" نشاط کو حیرت ہوئی تھی۔

"محترمہ فارورڈ ای میلز میں میرا ای میل ایڈریس بھی تھا۔ مگر یہ بتاؤ آنٹی انکل سے پوچھ لیا؟"

"جی پوچھ کر ہی ای میل کی ہے۔ عالیہ آنٹی اور آپ کی وجہ سے اجازت ملی ہے۔" نشاط کی آواز سے ہی اندازہ ہو رہا تھا کہ وہ کتنی ایکسائٹڈ ہے۔

"مگر نشاط۔۔۔ دو ہفتے کے لیے جانا ہے اور تمہاری طبیعت۔۔" عشارب نے کہنے کی کوشش کی مگر نشاط نے بیچ میں ہی بات کاٹ دی تھی۔

"پلیز عشارب میری طبیعت بالکل ٹھیک ہے۔ میں اس وقت بہت خوش ہوں۔ مجھے وہ سب یاد دلا کر یہ احساس نہ دلائیں کہ میں مرنے والی ہوں۔ کیا میں ایک طرف بیٹھ کر موت کا انتظار شروع کر دوں؟ میں اس ڈگری کے ساتھ بہت کچھ

کرنا چاہتی تھی۔ مگر میرے پاس وقت ختم ہوتا جارہا ہے۔ اب اگر اللہ کی طرف سے ایک موقع مل رہا ہے تو میں اسے گنوانا نہیں چاہتی۔" نشاط کے لہجے سے چھلکتی اداسی نے عشارب کو چپ ہو جانے پر مجبور کر دیا تھا۔

"اوکے ٹھیک ہے پھر فرائڈے کو ملاقات ہوتی ہے۔" فون رکھنے کے بعد بھی عشارب کتنی دیر خاموش بیٹھا رہا تھا۔ اس کے ذہن میں وہی ہنستی مسکراتی نشاط آ گئی تھی جو پچھلے کچھ ماہ سے بالکل خاموش رہنے لگی تھی۔ بولتی بھی تھی تو اس کے لہجے میں کھنک نہیں ہوتی تھی۔ عشارب نے ایک دفعہ پھر اللہ تعالیٰ سے دعا کی تھی کہ وہ اس کی اولین خواہش کو بچا لے۔

***

پہلے پلین پھر بس میں آٹھ گھنٹے کے سفر نے ان لوگوں کو بری طرح تھکا دیا تھا مگر Port-au-Prince پہنچتے ہی ان لوگوں نے یو این ٹیم سے رابطہ کیا۔ قریبی پارک میں اپنا فیلڈ ہاسپٹل سیٹ اپ کیا تھا اور قریب ہی اپنے رہنے کے لیے ٹینٹس لگا لیے تھے۔ عالیہ آنٹی نے مستقل نشاط کو اپنے ساتھ ہی رکھا تھا۔ پہلے دن ہی ان لوگوں نے کافی زخمی لوگوں کی سرجریز کی تھیں۔ نشاط کو ٹھیک طرح یاد بھی نہیں تھا کہ اس نے کتنے لوگوں کو فرسٹ ایڈ دی تھی۔ رات کے دو بجے تک وہ بالکل نڈھال ہو چکی تھی جب عشارب وہیں آ گیا تھا۔ وہ عالیہ آنٹی اور دیگر سینئر ڈاکٹرز کے ساتھ پورا دن سرجریز کرنے میں مصروف رہا تھا۔ جبکہ نشاط نے کچھ اور ڈاکٹرز کے ساتھ مل کر باقی مریضوں کو ٹریٹمنٹ دی تھی۔ بے حد تھک جانے کے باوجود جب ایک

کے بعد ایک مریض آکر ان کے سامنے کھڑا ہو جاتا تو ان لوگوں سے منع ہی نہیں کیا جا رہا تھا۔ عشارب نے ایک دو دفعہ اسے سونے کو کہا مگر پھر وہ خود بھی اس کی مدد کرنے لگا تھا۔ لائن لگا کر کھڑے لوگوں کے چہرے سے ہی ان کی تکلیف کا اندازہ ہو رہا تھا۔ تو پھر وہ کیسے انہیں کل آنے کا کہہ دیتے۔ صبح چار بجے کے قریب لوگوں کا رش کم ہوا تو وہ اپنے ٹینٹ کے پاس رکھی کرسی پر آ کر بیٹھ گئی تھی۔ اپنے سیل فون پر ای میلز چیک کیں تو لائن سے مما، پاپا، مائرہ اور کافی لوگوں نے خیریت پوچھنے کے لیے اور اپنا خیال رکھنے کی تلقین کی تھی۔ وہ سب کی محبتوں پر مسکرا اٹھی تھی۔

"سونا نہیں ہے؟" وہ سب کو رپلائے کرنے میں لگی تھی جب عشارب اور عالیہ آنٹی بھی وہیں آ گئے تھے۔

"بس ذرا ای میلز چیک کر رہی تھی۔" نشاط نے اپنا فون رکھتے ہوئے بتایا۔

"میں تو سونے جا رہی ہوں۔ تھکن سے برا حال ہو گیا ہے۔" عالیہ آنٹی وہاں بیٹھنے کے بجائے ٹینٹ میں سونے چلی گئی تھیں۔ عشارب نے ایک کرسی پر بیٹھتے ہوئے دوسری پر پاؤں رکھ لیے تھے اور آسمان کی طرف دیکھنے لگا۔

"آپ کو سونا نہیں ہے؟" نشاط نے اس سے پوچھا تھا۔

"سو جاؤں گا۔ ابھی موڈ نہیں ہو رہا۔" اس نے ہنوز آسمان کی طرف دیکھتے ہوئے کہا۔

"کتنا دکھ ہو رہا ہے نا ان سب کو دیکھ کر؟ پتا نہیں آج میں نے کتنے بچوں کو ٹریٹ کیا ہے۔ کسی نے اپنی ماں کو ملبے تلے دبتے دیکھا تھا تو کسی نے ماں باپ دونوں کھو دیئے ہیں۔ اور کچھ لوگوں کی تو پوری فیملی ہی زلزلے کی نظر ہو چکی ہیں۔ اور ایک

بچی تو آنکھیں بند کیے مستقل یہی چیخے جارہی تھی کہ میری ماں کو بچالو اس پر دیوار گر گئی ہے۔ وہ اس شاک سے نہیں نکلی تھی کہ وہ سب کچھ ہو چکا ہے۔" نشاط نے بھی آسمان کی طرف دیکھتے ہوئے کہا۔ جہاں بے شمار ستارے جگمگا رہے تھے۔ زمین پر تباہی تھی اور آسمان ہمیشہ کی طرح بالکل پر سکون تھا۔ نشاط نے سامنے گری ہوئی عمارت کی طرف دیکھا جہاں سے پورا دن ملبے تلے دب جانے والے لوگوں کو نکالنے کی کوشش کی جاتی رہی تھی۔ لوگ رات دن اپنے پیاروں کو ڈھونڈنے کی کوشش میں لگے رہتے تھے۔ انہیں اب بھی ان کے بچ جانے کی امید تھی جو وقت گزرنے کے ساتھ ختم ہوتی جارہی تھی۔ کوئی لاش نکلتی تھی تو کتنے ہی لوگ اس کے گرد جمع ہو جاتے تھے۔

"ہاں۔ ان لوگوں کو دیکھ کر اندازہ ہوتا ہے کہ کسی کی زندگی کا کوئی بھروسہ نہیں۔ اب ان لوگوں میں سے کسی کے وہم و گمان میں بھی نہیں ہو گا کے کچھ سیکنڈز میں کتنے ہی لوگوں کی زندگی ختم ہو جائے گی۔ ہم دنیا میں مگن ہو کر موت کو بالکل فراموش کر دیتے ہیں۔ موت تو کسی کو بھی کسی بھی پل آ سکتی ہے۔ اور ہم کتنے ناشکرے ہیں نا؟ اللہ ہمیں ذرا سی آزمائش میں ڈالے ہم فوراً ہمت ہار دیتے ہیں اور اللہ سے شکوے شروع۔" اس نے آسمان سے نظریں ہٹا کر نشاط کی طرف دیکھا۔ اس نے ایک جھر جھری سی لی تھی۔

"یہ آپ مجھے کہہ رہے ہیں؟" اس نے عشارب کی طرف ایک ناراض نظر ڈالی۔

"جو بھی سمجھ لو۔ میں صرف اتنا کہہ رہا ہوں کہ کسی کی بھی زندگی کا کچھ نہیں

پتا۔ اس لیے اللہ تعالیٰ نے جو وقت دیا ہے اسے ہنسی خوشی گزارنا چاہیے اور اس کا شکر ادا کرنا چاہیے۔ اور اگر کوئی محبت سے ہاتھ بڑھائے تو اس کا ہاتھ تھام لینا چاہیے۔" عشارب نے موقع سے فائدہ اٹھایا اور نشاط کو سمجھانے کی کوشش کی تھی۔

"میں سونے جا رہی ہوں۔" اس سے پہلے کے عشارب مزید کچھ کہتا وہ اپنے ٹینٹ کی طرف بڑھ گئی تھی۔ اور وہ خاموشی سے اسے جاتے دیکھتا رہا۔

***

اگلے کچھ دن بہت مصروفیت میں گزرے تھے۔ کچھ ڈاکٹرز فیلڈ ہاسپٹل میں میجر سرجریز کرتے تھے اور کچھ زلزلہ زدگان کے لیے لگائے گئے کیمپس میں چلے جاتے تھے۔ وہاں کے لوگ صرف زخمی ہی نہیں تھے، بلکہ کھانے پینے کی اشیاء کے لیے بھی کافی پریشان تھا۔ گو کہ یو این اور باقی بہت سی اورگینائزیشنز پہنچ چکی تھیں مگر تمام لوگوں تک ضرورت کی اشیاء اب تک نہیں پہنچ سکی تھیں۔ لوگوں کو کھانے کے لیے کچھ لینے کافی دور جانا پڑ رہا تھا اور لے بھی آئیں تو ان کو پکانے کے لیے جن چیزوں کی ضرورت تھی وہ زیادہ تر لوگوں کے پاس نہیں تھیں۔ لوگ بھوک سے پریشان تھے اور وہ لوگ دل ہی دل میں یو این کی بدنظمی پر کڑھ رہے تھے۔ ایک جگہ سے گزرتے نشاط بے ساختہ رک گئی تھی۔ یہ شاید کوئی سپر مارکیٹ تھی جہاں پر کچھ بچے پتھر اور مٹی ہٹا ہٹا کر کھانے کے لیے کچھ ڈھونڈ رہے تھے۔ اس کوشش میں ان کے ہاتھ بھی زخمی ہو رہے تھے مگر شاید پیٹ بھرنے کے لیے انسان کچھ بھی کر سکتا ہے۔ کچھ بچے کین فوڈ ڈھونڈنے میں کامیاب ہو گئے تو وہاں لوٹ مار مچ گئی۔

اس نے لوگوں کو کھانے پر اس بری طرح سے لڑتے کبھی نہیں دیکھا تھا۔ لوگوں کو لڑتے دیکھ کر آرمی نے ان کو وہاں سے ہٹا دیا تھا۔ نشاط نے دکھ سے ان بچوں کی طرف دیکھا جو پتا نہیں کب سے بھوکے پھر رہے تھے۔ ایک بچہ اس کے قریب سے گزرا تو نشاط نے اپنے بیگ سے ایک ایزجی بار نکال کر اسے پکڑا دی۔ یہ وہ لنچ کے لیے اپنے ساتھ لائی تھی مگر بچوں کو اس حال میں دیکھ کر اس سے کھایا ہی نہیں جاتا۔ وہ لوگ اب دوسرے کیمپ کی طرف بڑھ گئے تھے۔ دوپہر میں تھوڑی دیر کا بریک لینے کے لیے ان لوگوں نے بیٹھنے کے لیے آس پاس نظر دوڑائی مگر کہیں جگہ نہ ملنے پر وہ ایک طرف کھڑے ہو گئے تھے۔ نشاط کو اپنے فون پر لگے دیکھ کر عشارب نے اسے ٹوکا تھا۔

"کچھ کھالو نشاط پھر شام تک موقع نہیں ملے گا۔ ابھی کافی ایریا رہتا ہے۔" نشاط کو سمجھ نہیں آیا وہ کھائے کیا۔ اپنے لیے لائی گئی انرجی بار وہ پہلے ہی ایک بچے کو پکڑا چکی تھی۔

"یہ لو۔ اپنی تو تم پہلے ہی دے چکی ہو" اسے تذبذب کا شکار دیکھ کر عشارب نے اپنے پاس سے ایک انرجی بار اسے پکڑائی تھی۔

"آپ پیشنٹس دیکھ رہے ہیں یا میری جاسوسی کر رہے ہیں؟" نشاط کو اس پر حیرت ہوئی تھی۔

"عالیہ آنٹی نے میری ذمہ داری لگائی ہے کہ بچی کا خیال رکھنا۔ تو نظر تو رکھنی پڑتی ہے۔" اس نے مسکراتے ہوئے کہا اور وہ اسے گھور کر رہ گئی تھی۔

پھر رات تک وہ لوگ انہی کیمپس میں لوگوں کو ٹریٹ کرتے رہے تھے۔

واپس اپنے ٹینٹس کے پاس پہنچے تو پورے دن چلتے رہنے سے تھکن سے چور ہو گئے تھے۔ مگر نیند دونوں کو نہیں آ رہی تھی اس لیے باہر کرسیوں پر ہی بیٹھ گئے۔ آج عالیہ آنٹی بھی وہیں بیٹھی اپنے لیپ ٹاپ پر کام کر رہی تھیں۔

"بہت تھکے ہوئے لگ رہے ہو دونوں۔ جاؤ ریسٹ کرو یہاں بیٹھنے کی ضرورت نہیں۔" انہوں نے انہیں وہیں بیٹھتے دیکھ کر کہا تھا۔

"نیند نہیں آئے گی آنٹی۔ کل بھی میں نے اتنی کوشش کی سو جاؤں مگر جب آنکھیں بند کرتی تھی وہ سارے تکلیف دہ مناظر آنکھوں میں گھوم جاتے تھے۔" نشاط نے پانی پیتے ہوئے کہا۔

"ہاں مگر آرام بھی ضروری ہے۔ میں بھی بس ای میلز چیک کر رہی تھی سونے جا رہی ہوں۔" وہ اپنی چیزیں سمیٹتی اٹھ کر چلی گئی تھیں مگر نشاط کو گھبراہٹ ہو رہی تھی۔ پورے دن لوگوں کو اتنی تکلیف میں دیکھ کر اسے بار بار یہی خیال آ رہا تھا کہ وہ کتنی ناشکری ہے۔ ان لوگوں کی تکلیف تو اس سے کہیں زیادہ ہے۔ اپنے اتنی محبت کرنے والے رشتوں کو اپنے سامنے ملبے تلے دبتے دیکھنا کتنا تکلیف دہ تھا۔

"جاؤ سو جاؤ۔ مستقل جاگنے سے طبیعت خراب ہو گی۔" عشارب نے اسے وہیں جمے دیکھ کر کہا۔

"دل نہیں چاہ رہا۔" اس نے اپنا پاؤں دباتے ہوئے کہا تھا۔ پورا دن چل چل کر پاؤں میں شدید درد ہو رہا تھا۔

"باتیں کرنے کا دل چاہ رہا ہے؟" عشارب نے اسے چھیڑا تھا۔

"ہاں بالکل۔ مگر مائرہ سے۔" اس نے کہتے ہوئے مائرہ کا نمبر ڈائل کیا تھا مگر اس

وقت سگنلز نہیں آ رہے تھے اس لیے دو تین دفعہ کوشش کرنے کے بعد اکتا کر سیل فون رکھ دیا۔

"اب تو مائرہ کے بھائی کو برداشت کرنا پڑے گا۔" عشارب نے مسکراتے ہوئے کہا۔ وہ بہت ٹینس لگ رہی تھی اور عشارب چاہ رہا تھا کہ اس کا دھیان بٹا دے۔

"ہم دو دن بعد جا رہے ہیں نا؟ کچھ وقت اور نہیں رک سکتے عشارب؟" نشاط نے اس کی طرف دیکھتے ہوئے کہا۔

"ہم جائیں گے تو دوسری ٹیم آئے گی۔ ویسے بھی دو ہفتے میں ہی بری طرح تھک چکے ہیں کچھ ہفتوں کا بریک لے کر اگر دوبارہ موقع ملا تو پھر آسکتے ہیں۔" اس نے سنجیدگی سے بتایا تھا مگر نشاط نے کوئی جواب نہیں دیا۔

"تمہیں ان لوگوں کو اس حالت میں دیکھ کر افسوس ہو رہا ہے نا؟ سوچو ان لوگوں کے پاس کچھ بھی نہیں ہے پھر بھی جینے پر مجبور ہیں۔ ان کے کتنے پیارے رشتے ان سے چھن گئے ہیں پھر بھی انہیں کوئی دلاسہ دینے والا نہیں۔ اور ہم ذرا ذرا سی بات پر اپنے آپ کو اکیلا نہ ہوتے ہوئے بھی اکیلا کر لیتے ہیں۔" نشاط کے خاموش رہنے پر وہی دوبارہ بولا تھا۔

"آپ مجھے سمجھانے کا کوئی موقع ہاتھ سے نہ جانے دیجیے گا۔" نشاط نے تپ کر کہا تھا مگر وہ ہنس دیا۔

"اسی لیے تو ساتھ لایا تھا تاکہ تم بھی دیکھو لوگ کس طرح ہنستی مسکراتی زندگی سے موت کے منہ میں اتر گئے۔ کسی کی زندگی کا کچھ نہیں پتا۔ یہ میں تم سے بہت

دفعہ کہہ چکا ہوں مگر تم صرف اس پراگنوسس میں اٹک گئی ہو۔ اللہ تعالیٰ پر یقین ہی نہیں ہے۔" عشارب ایک دفعہ پھر اسے سمجھانے کی کوشش کر رہا تھا۔

"ایسی بات نہیں ہے۔ مجھے اللہ تعالیٰ پر یقین ہے مگر سامنے کی بات کو جھٹلا کر اپنے آپ کو اور دوسروں کو جھوٹی تسلیاں نہیں دے سکتی۔" نشاط کی آنکھوں میں آنسو چمکنے لگے تھے۔

"مگر اس بات کا تو یقین کروگی نا کہ زندگی اور موت اللہ کے ہاتھ میں ہے۔ اس لیے اتنی جلدی ہمت نہیں ہارنی چاہیے۔" اسے رونے کی تیاری کرتے دیکھ کر عشارب نرم پڑ گیا تھا۔

"میں نے ہمت نہیں ہاری ہے۔ مگر اگر آپ یہ سمجھ رہے ہیں کہ میں خوشی خوشی آپ سے شادی کرلوں گی تو ایسا بھی نہیں ہوسکتا۔ ایک بکھرتے ہوئے انسان میں اتنی ہمت تو ہوسکتی ہے کہ وہ اپنے جذبات چھپائے رکھے مگر چہرے پر جھوٹی مسکراہٹیں سجانا بہت اذیت ناک ہوتا ہے۔" نشاط کی آنکھوں سے آنسو بہہ نکلے تھے۔

"اور اگر کوئی اس بکھرتے ہوئے انسان کو سمیٹنے کو تیار ہو تب؟ کیا اس پر اعتبار نہیں کرنا چاہیے؟" عشارب نے اس کے ہاتھ میں پانی کی بوتل پکڑاتے ہوئے کہا۔

"کس بات پر اعتبار کروں؟ آپ کیا کرلیں گے؟ آپ مان کیوں نہیں رہے میرے بچنے کے چانسز بہت کم ہیں۔ اب اس حقیقت سے نظریں چرانے سے سب ٹھیک نہیں ہوجائے گا۔" وہ چڑ گئی تھی۔

"مجھے اپنی دعاؤں پر پورا یقین ہے۔ دعاؤں سے سب بدل سکتا ہے۔ دعائیں

تقدیر بدل دیتی ہیں۔ صرف میری اس بات کا اعتبار کر لو کے میں تمہیں بکھرنے نہیں دوں گا۔" عشارب کے لہجے میں اتنی سچائی تھی کہ نشاط کا بے ساختہ یقین کرنے کو دل چاہا، مگر وہ کیا کرتی وہ اتنے اچھے شخص کو اپنی وجہ سے دکھ میں نہیں دیکھنا چاہتی تھی۔

***

ہیٹی میں دو ہفتے گزرنے کا پتا بھی نہیں چلا تھا۔ وہ سب صبح سے رات تک مصروف رہتے تھے۔ اب واپس جانے کے لیے اپنا اپنا سامان سمیٹ رہے تھے کہ نشاط کے پاس ایک چودہ پندرہ سال کی بچی آگئی تھی۔ اس لڑکی کو انگلش بولنی نہیں آتی تھی مگر وہ اس کے ٹینٹ کی طرف اشارہ کر کے کچھ کہہ رہی تھی۔ نشاط نے قریب سے گزرتے ایک لڑکے کو بلا لیا تھا جو ان لوگوں کی ٹیم کے لیے انگلش میں ترجمہ کیا کرتا تھا۔

"یہ کیا کہہ رہی ہے؟ ٹینٹ کے بارے میں کچھ کہہ رہی ہے شاید، مگر مجھے سمجھ نہیں آرہا۔" نشاط نے لڑکی کی طرف اشارہ کرتے ہوئے اس سے پوچھنے کو کہا تھا۔ وہ لڑکا کچھ دیر اس لڑکی سے بات کرتا رہا پھر نشاط کو انگلش میں بتانے لگا۔

"یہ پوچھ رہی ہے کہ اگر آپ لوگ جا رہے ہیں تو اس ٹینٹ کا کیا کریں گے؟" اس نے اس لڑکی سے پوچھ کر نشاط کو بتایا تھا۔

"کچھ خاص نہیں۔ شاید کسی کو دے دیں یا پتا نہیں شاید واپس جائیں گے۔ یہ کیوں پوچھ رہی ہے؟" نشاط نے لاعلمی ظاہر کی۔

"یہ کہہ رہی ہے کہ جس کیمپ میں یہ اور اس کی بہن رہتے ہیں وہاں کوئی اسے پریشان کر رہا ہے۔ اس لیے اگر آپ یہ ٹینٹ اسے دے دیں تو یہ اپنی بہن کے ساتھ رہ لے گی۔ یہ بتا رہی ہے کہ یہ دونوں غیر محفوظ ہیں۔" اس لڑکی کی آنکھوں سے آنسو بہنے لگے تو نشاط کو حیرت کا شدید جھٹکا لگا تھا۔ اتنے برے حالات میں بھی لوگ اتنی چھوٹی بچیوں کو پریشان کر رہے ہیں۔ لوگوں میں ذرا بھی خدا کا خوف نہیں رہا۔ اتنے چھوٹے بچوں کو کن کن مشکلات کا سامنہ کرنا پڑ رہا ہے۔ نشاط نے دکھ سے سوچا تھا پھر اس بچی کو چپ کرایا تھا اور اس لڑکے سے کہا کے انہیں بتائے وہ کچھ کرتی ہے اور خود عالیہ آنٹی اور عشارب کی طرف بڑھ گئی تھی۔ ٹینٹ تو نشاط اور عالیہ آنٹی کا اپنا تھا مگر وہاں سے جانے کے بعد کوئی بھی ان بچیوں سے چھین لیتا اس لیے عشارب نے کچھ لوگوں سے بات کر کے ان کی ذمہ داری پر ان دونوں بچیوں کو دے دیا تھا۔ آتے آتے اپنے پاس بچ جانی والی کھانے پینے کی چیزیں بھی ان لوگوں نے بچوں میں بانٹ دی تھیں۔ واپسی کے لیے پھر آٹھ گھنٹے بس میں سفر کرنا تھا کیونکہ قریبی ایئرپورٹ تو زلزلے کی وجہ سے کافی بری حالت میں تھا۔ تھوڑی دیر میں بس آگئی تو وہ لوگ اپنا مختصر سا سامان رکھوانے لگے۔

"یہ عالیہ آنٹی کی سیٹ ہے۔" عشارب کو اپنے برابر میں بیٹھتے دیکھ کر نشاط نے کہا تھا۔

"یہاں ٹکٹس نہیں بٹ رہے جو اس سیٹ پر عالیہ آنٹی کا نام لکھا ہو۔ ویسے بھی میرے ساتھ کوئی اور خاتون بیٹھی تھیں اس لیے میں نے عالیہ آنٹی سے کہا وہ ان کے ساتھ بیٹھ جائیں۔" عشارب نے تپتے ہوئے کہا۔

"یہاں بھی ایک خاتون ہی بیٹھی ہیں۔" نشاط نے اسے مزید تپایا تھا مگر وہ اس کے کہنے پر ہنس دیا تھا۔

"ہاں مگر یہ خاتون ہونے والی مسز ہیں اس لیے ان کے ساتھ بیٹھا جا سکتا ہے۔" عشارب کے کہنے پر اس نے اسے گھورا تھا پھر کھڑکی سے باہر دیکھنے لگی۔ بس کو چلے کچھ دیر ہو چکی تھی مگر باہر کے مناظر ایک جیسے لگ رہے تھے۔ گری ہوئی عمارتیں، ان میں سے لاشیں ڈھونڈتے لوگ اور روڈ کے پاس پڑی لاشیں۔ اسے پتا بھی نہیں چلا اور اس کی آنکھوں سے آنسو بہنے لگے۔

"لو چاکلیٹ کھاؤ۔" عشارب نے اس کے آگے چاکلیٹ لہرائی تو نشاط نے پلٹ کر اس کی طرف دیکھا تھا۔

"آپ پورے دو ہفتے میرے سر پر سوار رہے ہیں۔ یہ کھالو، اب سو جاؤ، ادھر سے نہ گزرو، اسے تم ٹریٹ نہیں کرو میں دیکھ لوں گا، اپنی میڈیسن لی کہ نہیں۔۔۔ اور بھی پتا نہیں کیا کیا۔ مما پاپا نے آپ سے دھیان رکھنے کو کہا تھا یہ نہیں کہا تھا کہ مجھے آرڈر دیتے رہیں۔" نشاط کے تپے ہوئے لہجے پر عشارب مسکراتے ہوئے چاکلیٹ کھاتا رہا۔ کچھ دن سے وہ بہت چڑچڑی ہو گئی تھی ورنہ پہلے ایسے بات نہیں کرتی تھی۔

"تم گھر جا کر سب سے پہلا کام کیا کرو گی؟" عشارب نے اس کی بات اگنور کرتے ہوئے پوچھا تھا۔

"مائرہ کو کال کر کے آپ کی شکایت لگاؤں گی کہ مستقل میرے سر پر سوار رہے۔"

"ہاں تو اس نے کیا کہنا ہے۔ وہ تو خود مستقل ای میلز کیئے جا رہی تھی کہ بھائی نشی کا خیال رکھیئے گا۔ بھائی اسے رونے مت دیجیئے گا۔" عشارب کے کہنے پر نشاط ہنس دی تھی۔

"سنو۔" اسے ہنستے دیکھ کر وہ پھر بولنے لگا تھا۔

"اسی طرح ہنستی رہا کرو۔" عشارب کے کہنے پر نشاط کی مسکراہٹ ایک سیکنڈ میں غائب ہوئی تھی۔

"میں اگلے ہفتے ممی پاپا کو بھیجوں گا اور پلیز اب مزید کوئی بات نہیں سننی۔" عشارب نے اسے مزید کچھ بھی کہنے سے روک دیا تھا۔ وہ جانتا تھا کہ اس سے اچھا موقع اسے دوبارہ نہیں ملے گا۔ نشاط یہاں آکر بہت مختلف انداز میں سوچ رہی تھی۔ ان لوگوں کو تکلیف میں دیکھ کر اسے اپنی تکلیفیں کم لگنے لگی تھیں اس لیے ابھی کا سمجھانا فائدہ مند ہو سکتا تھا۔ نشاط کچھ دیر اسے دیکھتی رہی پھر کھڑکی سے باہر دیکھنے لگی تھی۔

وہ مستقل یہی سوچ رہی تھی کہ وہ واقعی بہت جلدی ہمت ہار گئی تھی۔ یہاں آکر اندازہ ہوا تھا کہ لوگوں پر کتنی بڑی بڑی قیامتیں ٹوٹ جاتی ہیں مگر وہ پھر بھی جینے کی کوششوں میں لگے رہتے ہیں۔ وہ اپنی بیماری کا سن کر اپنے آپ کو کتنا اکیلا محسوس کر رہی تھی جبکہ اس کے قریب اس کے اپنے تھے۔ بے شک وہ انہیں بتا نہیں رہی تھی، مگر وہ سب اس کے لیے دعا تو کرتے تھے۔ سب سے بڑھ کر عشارب، جو سب کچھ جاننے کے باوجود اس کے ساتھ تھا۔ پھر اسے ناامید ہونے اور اللہ تعالیٰ سے شکوے کرنے کا کیا حق پہنچتا تھا؟

***

اور پھر نشاط مان گئی تھی۔ عشارب نہیں جانتا تھا کہ وہ اپنے پیرنٹس کی وجہ سے مانی تھی یا واقعی عشارب کی باتوں کا اثر تھا مگر اس کے لیے یہی کافی تھا کہ وہ اس کی ہونے والی تھی۔ بغیر وقت ضائع کیے ان لوگوں نے ٹھیک دو ہفتے بعد شادی کی تاریخ رکھی تھی۔ عشارب بہت خوش تھا کہ آج وہ اس کی زندگی میں شامل ہو گئی تھی۔ وہ لوگ ابھی تھوڑی دیر پہلے ہی گھر پہنچے تھے۔ فون بجنے پر وہ اس ہنگامے سے اٹھ کر دروازہ کھول کر باہر بیک یارڈ میں نکل گیا تھا۔

"ہیلو عشارب۔ کیا تم نشاط کو ابھی لا سکتے ہو؟ یہاں ایک ایکسیڈینٹ کا کیس آیا تھا اور پیشنٹ کی ڈیتھ ہو چکی ہے۔ اور اس کو ہماری خوش قسمتی کہہ لو کہ اس کا لیوور اور بلڈ گروپ نشاط سے میچ کرتا ہے۔ میں اس کی فیملی سے بات کر چکا ہوں اور پیشنٹ بھی اور گن ڈونیٹ کرنا چاہتا تھا۔ ان لوگوں کو کوئی اعتراض نہیں۔ تم ابھی نشاط کو لا سکتے ہو؟" فون اٹھاتے ہی دوسری طرف سے ڈاکٹر ڈکسن بغیر کسی تمہید کے تیز تیز بولنے لگے تھے۔

"اس وقت؟ مگر ڈاکٹر ابھی تو ہم گھر پہنچے ہیں۔ آپ کو پتا ہے نا آج ہماری شادی کا فنکشن تھی۔ ابھی گھر مہمانوں سے بھرا پڑا ہے۔ کیا ہم کچھ انتظار نہیں کر سکتے ؟میرے لیے اتنی جلدی میں تو نشاط کو سنبھالنا بھی مشکل ہو گا۔" عشارب کو جہاں یہ سب سن کر خوشی ہوئی تھی وہیں اتنے سارے لوگوں کو ہینڈل کرنے کی پریشانی بھی۔ دو دن بعد ان کا ولیمہ تھا، ابھی کچھ دیر پہلے رخصتی ہوئی تھی اور ابھی تو نشاط کے

گھر والے گھر بھی نہیں پہنچے ہوں گے۔ اس کے اپنے گھر میں کافی لوگ موجود تھے۔

"میں جانتا ہوں عشارب مگر تمہیں پتا ہے نالیوور ٹرانسپلانٹ کے لیے کتنی لمبی ویٹنگ لسٹ ہے؟ یہ سب بھی صرف اس لیے ممکن ہوا ہے کہ میں اس ہاسپٹل میں بہت عرصے ہوں اور میرے لیے سب سے اہم نشاط ہے۔ میں نے بہت کانٹیکٹس استعمال کیے ہیں تب جا کر ہاسپٹل نے مجھے نشاط کے لیے اجازت دی ہے۔ میں صبح تک کی بھی گارنٹی نہیں دے سکتا۔ تمہیں پتا ہے یہاں کتنی پالیٹکس چلتی ہیں۔ جو کرنا ہے ابھی کرنا ہے۔ میں موجود ہوں، ہاسپٹل کے بہترین ڈاکٹرز میں سے دو سرجنز موجود ہیں اور تم بھی ہو گے۔ ہم آج رات کو ہی اس کی سرجری کر سکتے ہیں۔ تم پلیز جلدی کرو۔ میں جب تک سب ریڈی کرواتا ہوں" ڈاکٹر ڈکسن ہر قیمت پر اپنی اسٹوڈنٹ کی زندگی بچانا چاہتے تھے۔

"اوکے ہم ایک گھنٹے تک پہنچتے ہیں۔" زیرِ لب اِن شاء اللہ کہتے وہ فیصلہ کر چکا تھا۔ سب سے زیادہ ضروری نشاط کی زندگی تھی جو وہ ہر قیمت پر بچانا چاہتا تھا اور یہ وہ بھی جانتا تھا کہ زیادہ دیر ہونے پر ڈاکٹر ڈکسن کچھ بھی نہیں کر سکیں گے۔ اس نے فون اپنے جیب میں ڈالتے ہوئے اندر کی طرف قدم بڑھا دیے تھے۔ دلہن بنی نشاط مہمانوں میں گھری ہوئی تھی۔ اس نے کچھ چڑ کر اپنی کزنز کی طرف دیکھا جن کا فوٹو سیشن ہی ختم ہونے میں نہیں آ رہا تھا۔ پھر نشاط کی طرف۔ دلہن بنی وہ کہیں سے بھی بیمار نہیں لگ رہی تھی۔ عشارب نے بہت عرصے بعد اسے مسکراتے دیکھا تھا اور اس کے ہمیشہ یونہی مسکراتے رہنے کی دعا کرتے ہوئے آگے بڑھا تھا۔

"چلو بھئی بہت ہو گیا فوٹو سیشن اب میری بیگم کی جان چھوڑو۔" اپنے لہجے میں

بشاشت بھرتے اس نے نشاط کا ہاتھ پکڑ کر اسے کھڑا کیا تھا۔

"ارے ابھی تو تمہارے ساتھ بھی کچھ تصویریں کھینچنی تھیں ان لوگوں کو، تھوڑی دیر تو بیٹھو۔" اس کی امی نے لڑکیوں کو برے برے منہ بناتے دیکھ کر کہا تھا۔

"باقی تصویریں ولیمے پر کھینچ لینا۔ ابھی دولہا دلہن کو ہاسپٹل پہنچنا ہے۔ ایک پیشنٹ کی حالت بہت خراب ہے ابھی ہاسپٹل سے کال آئی تھی۔ ہم دونوں کو فوراً پہنچانا ہے۔" نشاط سمجھی وہ مذاق کر رہا ہے مگر وہ بالکل سنجیدہ تھا۔

"دماغ تو ٹھیک ہے عشارب۔ ایسی بھی کیا ایمرجنسی ہے کہ کوئی اور ڈاکٹر نہیں دیکھ سکتا۔ تم دلہن بنی نشاط کو رات کے ایک بجے ہاسپٹل لے کر جاؤ گے؟ کوئی ضرورت نہیں ہے۔ ڈاکٹرز کی کمی نہیں ہے تمہارے ہاسپٹل میں۔" عشارب کی امی نے کچھ سختی سے کہتے ہوئے اسے گھورا تھا۔

"نشاط کی پیشنٹ ہے مما، ساری کنڈیشن صرف نشاط کو پتا ہے۔ ڈاکٹر ڈکسن کی کال تھی نشاط، انہوں نے تمہیں ابھی اور اسی وقت آنے کو کہا ہے۔" عشارب کے لہجے میں کچھ ایسا تھا کہ نشاط نے چونک کر اسے دیکھا تھا۔ اس سے پہلے کے باقی سب مزید کچھ کہتے عشارب نشاط کو لیے اپنے روم میں آگیا تھا۔

"کون سی پیشنٹ عشارب؟ میری کچھ سمجھ میں نہیں آیا۔ میں اکیلی تو کوئی بھی کیس ہینڈل نہیں کر رہی۔ پھر ڈاکٹر ڈکسن کے ہوتے ہوئے میری کیا ضرورت ہو سکتی ہے؟" نشاط نے الجھے ہوئے انداز میں اس سے پوچھا تھا۔

"نشاط تم پلیز چینج کر لو باقی سب میں تمہیں راستے میں بتاتا ہوں۔ ابھی کوئی سوال نہیں کرنا۔ میں نے ڈاکٹر ڈکسن سے ایک گھنٹے میں پہنچنے کا کہا ہے۔ جلدی کرو پلیز" عشارب نے اس سے نظریں ملائے بغیر کہا تھا اور الماری کھول کر اپنے کپڑے نکالنے لگا۔ نشاط کو لگا کہ کچھ ٹھیک نہیں ہے مگر دوبارہ عشارب سے پوچھنے کے بجائے اس نے جیولری اتارنا شروع کر دی۔ دس منٹ میں وہ جانے کے لیے بالکل تیار کھڑی تھی۔

گاڑی کی چابی اٹھائے وہ اسی کا انتظار کر رہا تھا۔ باہر نکلتے دیکھ کر مما کو حیرت کا شدید جھٹکا لگا تھا۔ پنک شرٹ اور گرے پینٹ میں ملبوس نشاط میک اپ اور جیولری سے بے نیاز کچھ گھبرائی ہوئی سی عشارب کے ساتھ آرہی تھی۔ عشارب بھی چینج کر چکا تھا۔

"تمہارا دماغ واقعی خراب ہو گیا ہے عشارب! یہ کیا طریقہ ہے ؟ ایسی ہی ایمرجنسی تھی تو تم چلے جاتے نشاط کا جانا ضروری تھا کیا؟ گھر میں مہمان بھرے ہوئے ہیں اور تم اس کچھ گھنٹوں کی دلہن کو ہاسپٹل لے کر جا رہے ہو؟" اس کی مما نے غصے سے کہا تھا۔ مائرہ انہیں ٹھنڈا کرنے کی کوشش کر رہی تھی۔

"مما پلیز مہمان کسی کی زندگی سے زیادہ اہم نہیں ہو سکتے۔ آپ پلیز ابھی کچھ نہ کہیں میں واپس آکر سب کچھ بتاتا ہوں۔ چلو نشاط" اس نے ان کا جواب سنے بغیر ہی نشاط کا ہاتھ پکڑا اور باہر کی طرف قدم بڑھا دیے تھے۔

نشاط خاموشی سے اسے ڈرائیو کرتا دیکھ رہی تھی کہ وہ خود ہی کچھ بتائے گا۔ مگر

وہ پتا نہیں کس سوچ میں گم تھا۔ اس نے ہمت کر کے خود ہی پوچھا تھا۔

"عشارب کچھ بتائیں ابھی یہ سب کیا ہے؟ میری ایسی کوئی پیشنٹ نہیں ہے جس کو صرف میں ہی ٹریٹ کر سکتی ہوں۔" نشاط کے پوچھنے پر اس نے ایک نظر اس پر ڈالی تھی اور اپنے اندر بولنے کی ہمت پیدا کرنے لگا۔

"کچھ گھنٹوں پہلے ایک ایکسیڈینٹ کیس آیا تھا اور اس کی ڈیتھ ہو گئی ہے۔ اس پیشنیٹ کے لائسنس پر لکھا تھا کہ وہ Organ donor ہے۔ ڈاکٹر ڈکسن نے اس کی فیملی سے بھی اجازت لے لی ہے انہیں کسی قسم کا اعتراض نہیں۔ اس کا لیور، تم سے میچ کر رہا ہے اس لیے ڈاکٹر ڈکسن نے کہا ہے کہ ہمیں آج ہی تمہارا لیور ٹرانسپلانٹ کرنا ہے" وہ رکے بغیر بولتا چلا گیا تھا۔

"کیا! میرا لیور ٹرانسپلانٹ؟ آج کیسے عشارب؟ گھر میں سب کو کیسے ہینڈل کریں گے؟ اور۔۔۔ ابھی تو میرے مما پاپا پوری طرح خوش بھی نہیں ہوئے۔ مجھے تھوڑا سا وقت تو دیں میں ابھی اس سب کے لیے تیار نہیں ہوں۔" نشاط کو حیرت کا شدید جھٹکا لگا تھا۔

"پلیز نشاط۔ سب سے اہم تمہاری زندگی ہے۔ میں سب ہینڈل کر لوں گا۔

You have to be strong

اگر تم کمزور پڑ گئیں تو میں اکیلا یہ سب نہیں کر سکتا۔" عشارب نے اسے سمجھاتے ہوئے کہا تھا۔

"مگر عشارب مجھے پتا ہے میں مر جاؤں گی۔ پھر اتنی جلدی۔۔۔ ابھی جو وقت

میرے پاس بچا ہے میں وہ اپنے ہاتھوں سے کیسے گنوادوں۔" نشاط نے رونا شروع کر دیا تھا۔

" تمہیں اِن شاء اللہ کچھ نہیں ہو گا نشاط۔ اللہ ہمارے ساتھ ہے۔ میں تمہارے ساتھ ہوں۔ پھر تمہیں ڈرنے کی کیا ضرورت ہے؟ میں تمہیں کچھ نہیں ہونے دوں گا۔" اس نے نشاط کو تسلی دینے کی بھرپور کوشش کی تھی۔ اس وقت اس کے اپنے دل کی حالت عجیب تھی مگر وہ جانتا تھا کہ اس کے پاس کوئی اور راستہ نہیں ہے۔

" تمہیں پتا ہے ناویٹنگ لسٹ کتنی لمبی ہے؟ اس کے باوجود ڈاکٹر ڈکسن نے پتا نہیں کس طرح مینج کیا ہے۔ پلیز نشاط اس وقت تمہیں میرا ساتھ دینا ہو گا۔ اگر تمہیں مجھ سے ذرا سی بھی محبت ہے تو تم اپنے آپ کو سنبھالو۔ مجھ پر یقین ہے نا؟ میں تمہارے ساتھ ہوں تو پھر کچھ غلط نہیں ہو سکتا اِن شاء اللہ۔" عشارب نے اسے سمجھاتے ہوئے کار پارک کی تھی۔

"اگر مجھے کچھ ہو گیا نا عشارب تو مما پاپا کو کون سنبھالے گا؟ وہ لوگ آج کتنے خوش تھے۔ اب یہ سب پتا چلے گا تو ان کی کیا حالت ہو گی؟" نشاط نے روتے ہوئے اس کا ہاتھ بہت مضبوطی سے پکڑ رکھا تھا۔

"انہیں بتائے گا کون؟ صبح تم خود بتاؤ گی اِن شاء اللہ۔ اور جب انہیں پتا چلے گا کہ سب کچھ ٹھیک ہو چکا ہے تو سوچو پھر پریشانی کی کیا بات رہ جائے گی۔ یہ سب کسی معجزے سے کم نہیں ہے کے اتنی جلدی لیور میچ کر گیا۔ اس کا یہی مطلب ہے کہ ہماری دعائیں قبول ہو چکی ہیں۔ یہ سب اللہ کی طرف سے آزمائش تھی اور اسی کی

طرف سے انعام ہے۔ تم صرف اچھا سوچو نشی چلو شاباش میں تمہارے ساتھ ہوں نا۔" اس نے یقین دھیانی کرواتے ہوئے ڈاکٹر ڈکسن کو اپنے پہنچنے کا بتانے کے لیے کال کی تھی۔

\*\*\*

یہ کسی معجزے سے کم نہیں تھا کہ ایک طرف زندگی کی بازی ہارتی نشاط زیدی تھی تو دوسری طرف زندگی سے بھرپور شخص۔ ایک طرف ہر لمحہ موت سے خوفزدہ رہنے والی نشاط تھی تو دوسری طرف زندگی سے لطف اندوز ہوتا وہ شخص جس کے وہم و گمان میں بھی موت نہیں تھی۔ مگر یہ سب اللہ کے ہاتھ میں ہے کہ بھرپور زندگی گزارتے کسی انسان کی قسمت میں موت اور موت سے لڑتے کسی شخص کی زندگی میں روح پھونک دے۔

نشاط کی سرجری کامیاب رہی تھی اور اب وہ دواؤں کے زیرِ اثر غنودگی میں تھی۔ ابھی کسی اور کو اس سے ملنے کی اجازت نہیں تھی مگر عشارب ہر لمحہ اس کے ساتھ رہا تھا۔ جب نشاط نے آنکھیں کھولیں تو سب سے پہلی نظر پاس کھڑے عشارب پر پڑی تھی اور اس کی آنکھوں سے بے ساختہ آنسو بہنے لگے تھے۔

"پلیز نشاط اب نہیں رونا۔ اب سب ٹھیک ہو گیا ہے نا تو پھر رونے کی کیا بات ہے؟" عشارب نے اس کے آنسو صاف کرتے ہوئے کہا تھا۔ کچھ دیر میں اس کے مما پاپا اور عشارب کی فیملی بھی ملنے آ گئی تھی۔ پتا نہیں عشارب نے ان سب کو کیسے

مطمئن کیا تھا کہ ان میں سے کسی نے بھی اس سے کوئی سوال نہیں کیا۔ بس نشاط کی
مما مستقل روئے جا رہی تھیں اور اس پر کچھ پڑھ پڑھ کر پھونکتی جا رہی تھیں۔ اور
نشاط اب تک بے یقین تھی کہ کیا واقعی اللہ تعالیٰ نے اسے اتنے سارے رشتے
کھونے سے بچا لیا ہے۔ یہ واقعی عشارب کی دعاؤں کا نتیجہ تھا کیونکہ اس نے خود تو
اتنے یقین سے دعا کی بھی نہیں تھی۔ پھر بھی اللہ تعالیٰ نے اسے زندگی بخش دی
تھی۔ وہ جتنا شکر گزار ہوتی کم تھا۔

\* \* \*


نشاط کی صحتیابی کی خوشی میں عشارب اسے ڈنر پر لایا تھا۔ وہ دونوں بہت خوش
خوش باہر نکل رہے تھے کہ اندر داخل ہوتے تابش سے ملاقات ہو گئی۔ نشاط نے
تیزی سے باہر نکلنے کی کوشش کی مگر عشارب نے اس کا ہاتھ پکڑ کر روک لیا اور خود
تابش کو سلام کرنے میں پہل کی تھی۔

"یہ میری وائف ہیں ابھی پچھلے مہینے ہی ہماری شادی ہوئی ہے۔" سلام دعا کے
بعد سب سے پہلی بات تابش نے یہی کی تھی۔ مگر نشاط کو اس کے کچھ جتاتے انداز پر
افسوس ہوا۔ وہ کہیں سے بھی اپنے کیے پر شرمندہ نہیں لگ رہا تھا۔ اگر اسے نشاط
سے انگیجمنٹ ختم کرنی بھی تھی تو وہ الزام لگانے کی کیا ضرورت تھی؟

"ارے یہ تو بہت خوشی کی بات ہے۔ ہم دونوں کی طرف سے آپ دونوں کو
بہت مبارک ہو۔" عشارب نے مسکراتے ہوئے انہیں مبارک باد دی تو نشاط نے اپنا

ہاتھ چھڑواتے ہوئے کہا تھا۔ "چلیں عشارب دیر ہو رہی ہے۔" اور عشارب نے اس کی بات جیسے سنی ہی نہیں تھی۔ تابش خاموشی سے دونوں کو دیکھ رہا تھا۔

"ہمیں مبارکباد نہیں دوگے؟"عشارب نے تابش کی طرف دیکھتے ہوئے کہا تھا۔

"کس بات کی مبارکباد؟" تابش نے ناسمجھی سے پوچھا تھا۔

"چلو پہلے تعارف کروادوں۔ یہ ہیں نشاط اور اب میری وائف مسز عشارب۔" اس نے کہتے ہوئے تابش کی طرف دیکھا مگر وہ نشاط کو حیرانگی سے دیکھ رہا تھا۔

"تمہیں تو شادی نہیں کرنی تھی نشاط؟ یہی کہا تھا تم نے مجھ سے؟" تابش اپنی وائف کی موجودگی فراموش کیے نشاط سے پوچھ رہا تھا۔ اس سے پہلے کے نشاط کچھ بولتی عشارب پھر بول پڑا تھا۔

"ارے! تم وہ سب سچ سمجھے تھے؟ وہ سب تو تم سے جان چھڑانے کے لیے ڈرامہ کیا تھا۔ نشاط الحمد اللہ بالکل ٹھیک ہے۔ اصل میں میں اور نشاط بہت عرصے سے ایک دوسرے کو پسند کرتے تھے۔ تم پتا نہیں کہاں سے ہمارے بیچ ٹپک پڑے۔ مجھ سے پہلے تمہارا پروپوزل پہنچ گیا اور میں بچارا نشاط کی خوشی میں خوشی چپ کر گیا۔ مگر نشاط کو شک تھا کہ تم محبت محبت کا شور کرنے والے محبت کے نام سے بھی ناواقف ہو۔ بس پھر میں نے نشاط کو آئیڈیا دیا کہ تمہیں آزما کر دیکھ لے۔ اب یہ تمہاری قسمت کے تم آزمائش میں پورے نہیں اترے اور میں تو چاہتا ہی یہی تھا۔ چلو پھر مبارکباد کے بعد شکریہ بھی قبول کرو کے تم خود ہی بیچ سے ہٹ گئے۔" عشارب بولتا جارہا تھا اور تابش کا چہرہ غصے سے سرخ ہو گیا تھا۔

"بہت بے ہودہ مذاق تھا یہ۔" تابش کا غصے کے مارے برا حشر تھا۔

"مذاق؟ نہیں بھائی مذاق نہیں تھا۔ اپنے بیچ سے تمہیں نکالنے کا منصوبہ تھا جو اللہ کے کرم سے کامیاب رہا۔ چلو نشاط۔" اپنی بات ختم کر کے وہ دونوں باہر نکل آئے تھے۔

"یہ جھوٹ بولنے کی کیا ضرورت تھی؟ اب ان کا شک یقین میں بدل گیا" نشاط نے کچھ ناراضگی سے کہا۔

"بالکل بیوقوف ہو تم۔ اسے دیکھا تھا اپنی وائف کا تعارف کیسے کروا رہا تھا؟ انسان اپنے کیے پر کچھ تو شرمندہ ہو۔ اور تم کیوں ڈر کر بھاگ رہی تھیں؟ شک یقین میں بدلتا ہے تو سو دفعہ بدلے ہمیں کوئی فرق نہیں پڑنا چاہیے" عشارب کافی خوش لگ رہا تھا۔

"تھینکس عشارب۔ آپ نے یہ آخری پھانس بھی نکال دی۔" نشاط بہت ہلکی پھلکی ہوگئی تھی۔

"ارے اس میں تھینکس کی کیا بات ہے؟ یہ تو میرا فرض تھا۔" اس نے ہنستے ہوئے کہا۔

"ہاں اس "فرض" کے بارے میں اندازہ ہے مجھے۔" نشاط نے اسے گھورا تھا۔

"ہاں تو کیا غلط کیا؟ اس سے بدلا تو مجھے خود بھی لینا تھا۔ آخر اس کی وجہ سے پورے دو مہینے پریشان رہا ہوں۔"عشارب مسلسل مسکرا رہا تھا۔

"ویسے مزہ تو بڑا آیا۔ آپ نے ان کی شکل دیکھی تھی اور ان کی وائف پہلے

مجھے گھور رہی تھیں پھر تابش کی بات پر ان کو گھورنا شروع کر دیا۔" نشاط نے مسکراتے ہوئے کہا۔

"ہاں مزہ تو بہت آیا۔ اب اصل مزہ اسے گھر پہنچ کر آئے گا۔ جب وہ اس کی کلاس لیں گی "عشارب کے کہنے پر نشاط نے ہنستے ہوئے دعا کی تھی کہ وہ ہمیشہ اس کی زندگی کی تمام مشکلات اسی طرح چٹکیوں میں حل کر دے اور وہ یونہی ہنستے مسکراتے رہیں۔

نشاط آج بہت خوش تھی۔ عشارب نے واقعی اپنا وعدہ پورا کیا تھا۔ اس نے نشاط کو بکھرنے سے پہلے ہی سمیٹ لیا تھا۔

✳ ✳ ✳